# SUPPLÉMENT

À LA

# NOUVELLE MNÉMONIQUE.

# SUPPLÉMENT

A LA

NOUVELLE

# MNÉMONIQUE,

A LA PORTÉE DE TOUTES LES INTELLIGENCES,

ET QUI PEUT S'APPRENDRE SANS MAÎTRE.



FORMULES EN VERS.

PAR

J.-F. DEMANGEON.

PARIS.

CHEZ MAISON, LIBRAIRE, ÉDITEUR DU GUIDE EN FRANCE DE RICHARD,
Quai des Augustins, 29,
ET HACHETTE, LIBRAIRE-ÉDITEUR,
Rue Pierre-Sarrazin, 12.

1845.

En publiant notre NOUVELLE MNÉMONIQUE, nous avions espéré que son extrême simplicité, qui la met à la portée de toutes les intelligences, la ferait adopter par la plupart des personnes qui s'occupent d'histoire, et que surtout on la jugerait propre à faciliter l'étude de cette science aux jeunes gens, aux enfants même qui fréquentent les collèges et les écoles. Nous nous sommes trompé, soit qu'il ait paru difficile de s'assimiler notre méthode, soit qu'on ait désapprouvé les associations d'idées que nous nous étions permises comme pouvant aider à rappeler plus aisément à l'esprit les faits que nous avons présentés pour exemples. Nous avons dû dès-lors nous imposer la tâche de revoir notre travail, et de chercher s'il était possible d'y apporter des améliorations.

Notre examen a porté d'abord sur la méthode, et nous n'avons pas tardé à reconnaître qu'elle n'était susceptible d'aucun changement utile. En effet, ainsi que nous l'avons dit, cette méthode est simple et facile : elle consiste dans l'assimilation des différentes lettres de l'alphabet et de leurs combinaisons, aux chiffres et aux nombres, et il suffit, pour être à même d'en faire l'application, de fixer imperturbablement dans sa mémoire et de manière qu'ils se présentent sans effort à l'esprit, les rapports que nous avons établis entre ces lettres et les cent premiers nombres. On concevra qu'il ne faut ni pénétration ni travail intellectuel, et que la répétition et l'habitude suffisent pour arriver à ce résultat. Une semblable étude ne présente donc aucune difficulté réelle; et l'on peut ajouter que le temps qu'elle exige est peu de chose en comparaison de celui qu'on emploie ordinairement pour apprendre à lire. Si cependant, comme nous venons de le dire, un exercice souvent répété est indispensable, cette nécessité ne saurait être considérée comme un obstacle, puisque personne n'ignore que, en général, on n'apprend rien sans quelque effort. Que l'on consacre donc une heure par jour à répéter ce petit nombre de rapports qui constituent notre système : que l'on s'exerce ensuite à traduire en chiffres ou plutôt en nombres, à l'ouverture d'un livre quelconque, tous les mots de la page que l'on aura sous les yeux, et, avant peu, ces rapports se reproduiront à volonté quand il s'agira d'en faire l'application.

Comme les mots mnémonisateurs, c'est-à-dire ceux qui sont destinés à représenter les dates, terminent toujours l'exposé des faits auxquels ils se rapportent, il est nécessaire qu'ils soient liés à ces faits de manière que leur souvenir rappelle ces mêmes faits à la pensée, et, réciproquement, que le souvenir des faits reproduise dans l'esprit les mots qui renferment les dates. Nous avions pensé d'une part, que des phrases qui présenteraient les évènements avec quelque développement seraient préférables à des formules concises, afin de donner une connaissance suffisante de ces évènements aux personnes qui ne les ont pas encore étudiés, seul moyen, pour la plupart d'entre eux, d'en laisser des traces dans la mémoire. Il nous avait aussi paru, d'un autre côté, que des associations d'idées qui s'écarteraient des règles communes seraient plus propres à frapper l'esprit, et conséquemment que les faits pour lesquels on les emploierait se retiendraient mieux, généralement, que ceux qui seraient présentés selon la méthode en usage. Cette opinion qui a ses partisans, a sans doute aussi dans son application ses inconvénients que nous ne nous dissimulons pas, mais qui nous avaient semblé moins graves que ne les ont jugés des hommes que leur position met à même d'apprécier plus sûrement les ouvrages destinés surtout à la jeunesse.

Nous avons sans peine passé condamnation sur ce dernier point, et nous avons pris le parti de rédiger pour les faits relatifs à l'histoire, de nouvelles phrases dans lesquelles nous nous sommes attaché à établir, autant qu'il a été en nous, des rapports naturels entre ces faits et les mots mnémonisateurs. Comme d'ailleurs la prose est beaucoup moins facile à retenir que les vers, nous avons jugé convenable encore d'employer les formes en usage en poésie, pour rappeler succinctement les mêmes évènements que nous avons retracés avec quelques détails dans notre traité de Mnémonique. Ainsi, ces évènements, dont on aura pris une idée assez complète dans ce traité, nous en donnons aujourd'hui la substance, presque toujours en deux vers, très rarement en trois, quelquefois en un seul. Nous avons fait précéder ce supplément d'une *Nomenclature des rois de France*, depuis le commencement de la monarchie jusqu'à nosjours, avec la mnémenisation de l'époque de l'avènement de chacun d'eux au trône, nomenclature qui ne se trouve pas dans le traité dont il s'agit. Nous avons cherché, du reste, à reproduire un ou plusieurs traits du caractère de chacun des personnages dont nous avions à nous occuper, et à rendre chaque fait de manière à le rappeler aisément à la mémoire. Nous ne ferons pas ressortir les difficultés d'un pareil genre de travail, que ne comprendront bien que ceux qui se livreront à l'étude de la méthode, et nous exprimerons le désir qu'on veuille bien nous en tenir compte pour celles de nos nouvelles formules qui paraîtraient s'écarter des règles du goût.

Nous croyons devoir faire remarquer ici qu'il y a eu erreur de la part des personnes qui ont avancé que notre système de Mnémonique ne différait de ceux qui l'ont précédé que par la valeur que nous avons attribuée aux différentes lettres. En effet, ainsi qu'on peut le voir par l'exposé que nous en avons présenté, ce système en diffère non seulement sous ce rapport, auquel il ne faudrait attacher aucune importance, mais surtout en ce que *les sons en forment la base;* tandis que ceux qui l'ont précédé n'ont été établis que sur les articulations, à l'exclusion des voyelles, soit simples, soit composées. Il en diffère encore essentiellement en ce que, selon nos procédés, *deux sons, ou quelquefois même un seul*, suffisent pour exprimer tous les nombres composés de trois ou de quatre chiffres, lesquels ne sauraient être rendus d'après les systèmes antérieurs qu'au moyen de *trois articulations :* différence très importante qui, évidemment, ne peut manquer de rendre beaucoup plus facile, puisqu'elle est moins compliquée, la traduction mentale des mots mnémonisateurs en chiffres. C'est donc, et nous croyons pouvoir le répéter en toute assurance, une méthode nouvelle, que nous avons laborieusement imaginée, et qui, selon nous, pourrait offrir de grands avantages, principalement pour l'étude de la partie chronologique de l'histoire.

Nous reproduisons dans ce supplément la partie la plus essentielle de l'exposé de la méthode, pour les personnes qui ne se sont pas procuré notre Traité de mnémonique et qui ne seraient pas disposées à en faire l'acquisition.

Ce supplément renferme aussi un tableau synoptique des évènements qui y sont mentionnés. Nous avons cru devoir les inscrire dans l'ordre des dates, dans le but, en ce qui concerne l'histoire moderne, de réunir tous ceux qui se rapportent à chacun des règnes de la monarchie. Ce tableau, où les dates en chiffres n'ont pas été indiquées, pourra d'ailleurs servir de moyen d'exercice pour les trouver à l'aide des mots mnémonisateurs qui y figurent, ainsi qu'à se rappeler les formules qui résument les différents faits.

# EXPOSÉ DE LA MÉTHODE.

## *Des éléments de la méthode.*

La nécessité d'établir une liaison, des rapports saisissables entre les faits historiques et les époques qui les concernent, dans le but de procurer les moyens de rappeler les dernières sans efforts et, pour ainsi dire, naturellement à l'esprit, nous a décidé, à l'exemple d'autres auteurs, à convertir, à traduire en quelque sorte en lettres les chiffres qui représentent ces époques. Mais on verra bientôt que notre méthode diffère de celles de ces auteurs sous des rapports tellement essentiels, qu'elle n'a guère d'analogie avec les leurs qu'en ce seul point. Voici d'abord, sommairement, la traduction que nous avons opérée.

| 0 | 1 | 2 | 3 | 4 | 5 | 6 | 7 | 8 | 9 |
|---|---|---|---|---|---|---|---|---|---|
| in | a | an | ar | e | i | on | o | ou | u |
| b | c | d | f | l | m | n | p | s | t |
| | k | | v | r | | | | ç | |
| | q | | | | | | | z | |
| | ch | | | | | | | | |
| | g | | | | | | | | |
| | j | | | | | | | | |
| | x | | | | | | | | |

On voit par ce tableau que nous utilisons toutes les lettres de l'alphabet, à l'exception du *h* qui, même lorsqu'il est aspiré, se prononce comme la voyelle qui le suit. On remarquera bientôt aussi que les voyelles, que les sons en général, loin d'être exclus de notre système, en forment au contraire la base. Mais avant de compléter l'explication de ce tableau, nous entrerons dans quelques détails sur les éléments qui servent à rendre les sons dont se composent les mots de la langue française.

Les mots, signes de nos pensées, doivent être aussi considérés comme *sons*. Considérés sous ce dernier rapport, ils sont composés de lettres qui, séparées ou réunies, forment des syllabes.

Lorsqu'une seule émission de voix suffit pour la prononciation des *lettres* dont se compose une syllabe, elles sont appelées *lettres vocales* ou *voyelles;* on les désigne aussi sous le nom de *sons simples.*

Si, au contraire, pour leur prononciation, le son de voix a besoin d'être modifié, soit par le gosier, soit par la langue, soit par le palais, soit par les dents, soit par les lèvres, soit par le nez, dans ces différents cas, ces lettres sont appelées *consonnes*, parce que, suivant l'étymologie de ce mot, pour qu'elles forment un son, il est nécessaire qu'elles soient réunies à des voyelles. Les consonnes prennent aussi le nom d'*articulations.*

Les sons qu'expriment les voyelles sont en grand nombre; mais ordinairement on les réduit à sept ou seulement à cinq. On y a encore ajouté pour le besoin des langues, des voyelles composées ou diphthongues, formées de la réunion de deux ou trois voyelles, dont la prononciation a lieu aussi par une seule émission de voix.

Nous donnerons la liste des voyelles simples et composées, considérées par rapport à leurs sons :

| | |
|---|---|
| a | an |
| è, é, e | eu |
| i | in |
| o | on |
| u | un |
| | ou |

Nous croyons devoir donner aussi la liste des consonnes, avec leur appellation ancienne et nouvelle :

| | | |
|---|---|---|
| b | bé | be |
| c | cé | que *et* se |
| ch | — | che |

| | | |
|---|---|---|
| d | dé | de |
| f | effe | fe |
| g | gé | gue *et* je |
| h | ache | — |
| k | ka | ke *ou* que |
| l | elle | le |
| m | emme | me |
| n | enne | ne |
| p | pé | pe |
| q | qu | que |
| r | erre | re |
| s | esse | se |
| t | té | te |
| v | vé | ve |
| x | icse (1) | |
| z | zède | ze |

Nous avons dit que les sons exprimés par les voyelles étaient en grand nombre; mais, comme dans le tableau qui présente les rapports que nous leur avons assignés avec les chiffres 0, 1, 2, 3, 4, 5, 6, 7, 8 et 9, nous n'en avons mentionné qu'un seul pour chacun, et que d'ailleurs les mots dans lesquels ces mêmes sons se remarquent, présentent de nombreuses différences dans la manière de les écrire, nous allons indiquer pour chacune des voyelles et autres sons mentionnés, un certain nombre de terminaisons différentes pour l'oreille et quant à l'orthographe, mais qui ont cependant une analogie marquée avec les sons simples auxquels nous les rapportons.

La voyelle composée *in*, traduisant le chiffre 0, ne s'emploie dans notre système, ainsi que nous l'expliquerons plus loin, qu'au commencement des mots, comme dans *in*stant, *in*consolable, *ain*si, etc. Il n'est pas inutile de dire que nous employons aussi dans les mêmes cas tous les mots commençant par le même son, comme *tin*tamarre, *sym*pathie, etc.

Le chiffre 1, traduit par la voyelle *a*, sera également représenté par

(1) Au commencement d'un mot, se prononce *gz* ou *guese*, comme dans *Xavier*.

les sons *as*, *at*, *ac*, etc., comme dans *pas*, *bât*, *tabac*, ainsi que par les sons modifiés *abe*, *ace*, *ache*, *axe*, *aze*, *able*, *ade*, *age*, *al*, *ale*, *aille*, *ame*, *ane*, *aque*, *aste*, *astre*, *ate*, *ave*, etc.; comme dans *arabe*, *grace*, *axe*, *aze*, *aimable*, *ambassade*, *âge*, *bal*, *capitale*, *paille*, *chicane*, *cosaque*, *chaste*, *astre*, *rate*, *grave*, etc. Nous y comprendrons aussi la diphthongue *oi*, employée dans les mots *loi*, *bois*, *étoile*, *froid*, *boite*, *poivre*, etc., qui se prononcent *loua*, *boua*, etc.

Le chiffre 2, traduit par la voyelle *an*, aura aussi pour lui correspondre les sons *ance*, *ancre*, *ande*, *ange*, *angle*, *anle*, *ante*, *ambe*, *amble*, *ampe*, *anche*, etc.; comme dans *enfance*, *ancre*, *amande*, *ange*, *sangle*, *chambranle*, *tante*, *jambe*, *amble*, *lampe*, *tranche*, etc.

Le chiffre 3, que nous avons traduit par une voyelle réunie à la consonne *r*, et qui, dans l'exemple que nous avons donné, est rendu par le son *ar*, pourra également se traduire par les voyelles *e*, *i*, *o*, *eu*, *ou* et *u*, réunies à la même consonne, ce qui donnera les terminaisons *er*, *erre*, *air*, *aire*, *erbe*, *erce*, *erge*, *erme*, *erne*, *erte*; *ir*, *ire*, *irme*, *yrne*, *irpe*, *irque*, *yrse*, *yrte*; *or*, *ord*, *ort*, *ore*, *orbe*, *orc*, *orce*, *orche*, *orde*, *orge*, *orme*, *orne*, *orque*; *our*, *ourbe*, *ourne*, *ourse*, *ourde*; *ur*, *ure*, *urge*, *urle*, *urne*, *urpe*, *uir*, *uire*, etc.; comme dans *fer*, *guerre*, *air*, *faire*, *gerbe*, *berce*, *asperge*, *terme*, *caserne*, *perte*; *soupir*, *lyre*, *infirme*, *Smyrne*, *extirpe*, *cirque*, *thyrse*, *myrte*; *cor*, *lord*, *effort*, *flore*, *euphorbe*, *porc*, *amorce*, *torche*, *corde*, *gorge*, *forme*, *corne*, *retorque*; *jour*, *fourbe*, *gourme*, *bourse*, *bourde*; *mur*, *censure*, *purge*, *hurle*, *saturne*, *usurpe*, *fuir*, *nuire*, etc. On remarquera par ces divers exemples qu'on ne doit employer que les mots où la lettre *r* se fait entendre.

Le chiffre 4, traduit par la voyelle *e*, sera remplacé par les sons *bé*, *sé*, *dé*, *fé*, *mé*, *té*, *ès*, *et*, *èbe*, *aible*, *èbre*, *ec*, *èche*, *ècle*, *ecte*, *ède*, *ef*, *ège*, *aigle*, *ègne*, *ègue*, *eil*, *el*, *elle*, *en*, *ène*, *ep*, *ette*, *eu*, *eugle*, *euil*, *eul*, *euple*, *exe*, *èse*, *gué*, *etc.*; comme dans *abbé*, *fossé*, *possédé*, *café*, *fée*, *armée*, *bonté*, *procès*, *regret*, *érèbe*, *faible*, *ténèbres*, *bec*, *bèche*, *siècle*, *secte*, *bipède*, *nef*, *collège*, *règle*, *règne*, *bègue*, *conseil*, *autel*, *belle*, *hymen*, *amen*, *arène*, *cep*, *aigrette*, *feu*, *heureux*, *aveugle*, *feuille*, *seul*, *peuple*, *index*, *sexe*, *genèse*, *délégué*, etc., etc.

Le chiffre 5, traduit par la voyelle *i*, se traduira encore par les sons *ibe, ible, ibre; ic, ice, iche, icle, ict, ide, idre, ie, if, ifre, ige, igne, igue, il, ile, ime, ine, li, di, fi, mi, ni, si, ti, etc.*; comme dans *bribe, bible, fibre, aspic, calice, riche, article, strict, acide, hydre, ébahie, captif, fifre, tige, signe, brigue, outil, nubile, cime, aubépine, oubli, midi, bouffi, ami, banni, roussi, prophétie, rôti*, etc., etc.

Le chiffre 6, traduit par la voyelle *on*, sera représenté par les sons *om, omb, omble, ombre, ompe, onc, once, oncle, ond, onde, onge, ont, onte, ontre, bon, chon, con, don, fon, gnon, lon, mon, nom, pon, ron, son, ton*, etc; comme dans *nom, plomb, bombe, comble, sombre, pompe, donc, nonce, furoncle, blond, monde, éponge, affront, conte, rencontre, charbon, torchon, flacon, abandon, bouffon, grognon, aiglon, limon, canon, fripon, éperon, buisson, menton*, etc.

Le chiffre 7, traduit par la voyelle *o*, sera encore représenté par les sons *ob, obe, obre, oc, oq, oche, ocle, ode, ofe, oge, ogne, ogue, ol, olde, ole, aule, olte, omme, ome, aume, one, ope, oque, os, osque, osse, ost, ot, ote, aute, ox, ose, ause, au, aube, auche, aude, auge, aupe, aut, aud, auvre, aux*, etc.; comme dans *Job, globe, sobre, broc, coq, cloche, socle, code, étoffe, doge, ivrogne, dogue, bol, solde, école, saule, récolte, homme, atome, baume, bellone, cyclope, bicoque, héros, kiosque, colosse, poste, abricot, dévote, faute, fox, chose, clause, agneau, daube, débauche, fraude, sauge, taupe, levraut, badaud, pauvre, taux*, etc.

Le chiffre 8, traduit par la voyelle *ou*, sera aussi exprimé par les sons *ouble, ouc, ouche, oucle, oude, oudre, oue, ouf, ouffe, oufle, oufre, ouge, ougue, ouille, oul, oule, oup, oupe, ous, oux, ousse, out, oute, outre, ouve, ouvre, ouse*, etc.; comme dans *trouble, bouc, bouche, escarboucle, coude, foudre, boue, pouf, étouffe, maroufle, soufre, rouge, fougue, citrouille, capitoul, foule, loup, groupe, absous, doux, mousse, ragoût, croûte, poutre, louve, louvre, jalouse*, etc.

Enfin le chiffre 9, traduit par la voyelle *u*, se rendra également par les sons *ube, uble, ubre, uc, uce, tu, uche, ucre, ud, ude, ue, uf, uge, ugne, ugue, ul, ulcre, ulgue, ule, ulte, ume, une, upe, uple, uque, us, use, use, usque, uste, ustre, ut, ute, vu, uve, ux, uxe, zu, pu, du, mu nu*, etc.; comme dans *tube, chasuble, lugubre, caduc, puce, têtu, bûche, sucre, sud, étude, bévue, tuf, juge, répu-*

*gne*, *fugue*, *calcul*, *sépulcre*, *divulgue*, *mule*, *culte*, *enclume*, *fortune*, *dupe*, *centuple*, *perruque*, *abus*, *musc*, *busc*, *brusque*, *juste*, *illustre*, *debut*, *chute*, *pourou*, *cuve*, *pollux*, *luxe*, *cousu*, *repu*, *dodu*, *ému*, *connu*, etc.

Ce dernier chiffre se traduira aussi par les terminaisons masculines en *un*, comme dans *chacun*, *défunt*, etc., attendu que les terminaisons féminines de la voyelle *u* ne sont pas assez nombreuses pour que nous ayons dû nous dispenser d'avoir recours aux premières, ce qui, du reste, est tout à fait sans inconvénient.

Nous ne pensons pas que personne éprouve la moindre difficulté à apprendre par cœur le tableau sommaire présentant la traduction en voyelles et en consonnes des dix chiffres employés dans les nombres, puisqu'il ne s'agit que de le répéter jusqu'à ce qu'on le sache d'une manière imperturbable.

Quant aux divers sons ou dérivés qui se rapportent à ces chiffres, une simple lecture en fera sentir suffisamment les analogies avec les voyelles ou les sons primitifs.

---

## *De la combinaison des voyelles avec les consonnes.*

Comme, outre le 0, nous n'avons encore représenté par des lettres que les neuf premières unités ou les unités simples, nous nous occuperons de la traduction des autres nombres jusqu'à cent, c'est-à-dire des unités de second ordre ou des dixaines, ainsi que des nombres intermédiaires. Les voyelles et les autres sons que nous avons déjà employés, nous serviront pour arriver à ce résultat, en les combinant avec les consonnes, de manière à former des monosyllabes. Chaque dixaine, ou plutôt chaque groupe de dix chiffres prendra le son de l'unité simple qui la distingue des autres unités de même nature, et chacun des nombres dont se compose chaque groupe aura, dans notre transformation, pour initiale une des consonnes que nous avons également assignées aux unités simples.

Ainsi, par exemple, pour rendre le nombre 10, qui est composé des chiffres 1 et 0, nous emploierons la voyelle *a*, qui représente le chiffre

1, et la consonne *b*, qui représente le chiffre 0. Ces deux lettres, placées dans l'ordre des chiffres, formeraient le monosyllabe *ab;* mais comme pour arriver à notre but, il est nécessaire que les nombres, ou plutôt les monosyllabes qui les expriment, aient, ainsi que nous venons de le dire, les consonnes pour initiales, nous renverserons cet ordre, et au lieu de *ab*, nous aurons *ba* pour exprimer le nombre 10. Il en sera de même de tous les autres nombres jusqu'à cent. Le tableau suivant présente la transformation ou la traduction de tous ces nombres, y compris celle des unités simples.

| 0 in | 0 b | 1 c | 2 d | 3 f.v | 4 l.r | 5 m | 6 n | 7 p | 8 s | 9 t |
|---|---|---|---|---|---|---|---|---|---|---|
| 1 a | 10 ba | 11 ca | 12 da | 13 fa | 14 la | 15 ma | 16 na | 17 pa | 18 sa | 19 ta |
| 2 an | 20 ban | 21 can | 22 dan | 23 fan | 24 lan | 25 man | 26 nan | 27 pan | 28 san | 29 tan |
| 3 ar | 30 bar | 31 car | 32 dar | 33 far | 34 lar | 35 mar | 36 nar | 37 par | 38 sar | 39 tar |
| 4 e | 40 be | 41 que | 42 de | 43 fe | 44 le | 45 me | 46 ne | 47 pe | 48 se | 49 te |
| 5 i | 50 bi | 51 qui | 52 di | 53 fi | 54 li | 55 mi | 56 ni | 57 pi | 58 si | 59 ti |
| 6 on | 60 bon | 61 con | 62 don | 63 fon | 64 lon | 65 mon | 66 non | 67 pon | 68 son | 69 ton |
| 7 o | 70 bo | 71 co | 72 do | 73 fo | 74 lo | 75 mo | 76 no | 77 po | 78 so | 79 to |
| 8 ou | 80 bou | 81 cou | 82 dou | 83 fou | 84 lou | 85 mou | 86 nou | 87 pou | 88 sou | 89 tou |
| 9 u | 90 bu | 91 cu | 92 du | 93 fu | 94 lu | 95 mu | 96 nu | 97 pu | 98 su | 99 tu |

Ce nouveau tableau, où les nombres monosyllabiques ont été réduits à leur plus simple expression, et où, pour plus de clarté, nous avons cru devoir ne pas faire entrer les synonymes, devra également être appris par cœur avec d'autant plus de soin, qu'il est la clef de la méthode, et que ce qui restera à apprendre pour la savoir complètement en découle si naturellement, qu'il suffira de lire la suite de notre exposé avec quelque attention pour être à même d'en faire l'application dans tous les cas où elle peut être employée.

On voit par ce nouveau tableau qu'il ne faut qu'un seul monosyllabe, qu'un son, non seulement pour exprimer, mais encore pour représenter simultanément à l'esprit et sans aucun travail, les dixaines ou les unités de second ordre, ainsi que tous les nombres intermédiaires. En effet, le monosyllabe *ba*, qui traduit le nombre 10, rappelle aussi facilement à l'esprit ces deux chiffres, que le mot *dix* qui sert à les exprimer selon la méthode commune; *ca* ou *ka* rapppelle l'idée du nombre 11, *da* celle du nombre 12, *ban* celle du nombre 20, *bi* celle du nombre 50, etc. Nous donnerons quelques exemples, afin de faire mieux sentir l'avantage de notre procédé, et nous mnémoniserons à cet effet les nombres indiquant la durée de la vie de plusieurs personnages célèbres.

Toricelli et Robespierre sont tombés dans les bras de la *mort* 35

Nous voyons dans notre second tableau que le nombre 35 est rendu par le monosyllabe *mar*, et nous avons vu à la suite du premier que le chiffre 5 que, pour abréger et surtout pour plus de clarté, nous avons exprimé par le son *ar* seulement, peut se rendre aussi par tous les sons terminés par la lettre *r*, sans avoir égard aux syllabes muettes qui terminent les mots. Ainsi, de même que les sons *arde*, *arte*, *arce*, *arme*, *er*, *erse*, *erte*, *or*, *orte*, etc., expriment le chiffre 5, les monosyllabes et les dissyllabes *marte*, *mars*, *marne*, *mer*, *mort*, etc., exprimeront le nombre 35, puisque, dans notre système, nous faisons dériver ces mots des sons qui traduisent le nombre 5. Le monosyllabe *mort* exprime donc le nombre 35, aussi bien que le monosyllabe *mar*, et la formule qui précède a pour objet de rappeler que Toricelli et Robespierre ont vécu 35 ans. Il est évident que cette remarque s'applique à tous les autres nombres composés de deux chiffres.

Baratier, vrai prodige d'intelligence et de mémoire ne mourut pas d'excès de . . . . . . . . . . . . . . . *table* 19

Jeanne d'Arc fut brûlée vive, bien que par la pureté de son âme elle eût mérité le surnom de. . . . . . . . *blanche* 20

Caracalla, Gilbert, Hoche, ont eu bientôt fait leur. . *temps* 29

| | | |
|---|---|---|
| Métastase et Bichat ont passé dans la fatale. . . . . | *barque* | 30 |
| Alexandre, Néron, Barnave, à jamais. . . . . . . | *dorment* | 32 |
| Moréri, Florian, le poète Bertin, Louis XVI, ont subi la loi du . . . . . . . . . . . . . . . . . . . . . | *sort* | 38 |
| Jansénius, Molière, Saint-Réal, Champfort, ont quitté la. . . . . . . . . . . . . . . . . . . . . . . . | *vie* | 55 |
| Sophocle, Hobbes, se sont présentés devant le souverain. . . . . . . . . . . . . . . . . . . . . . . | *juge* | 91 |
| Fontenelle a peut-être été transformé en. . . . . . | *tuf* | 99 |

—

## *De la mnémonisation des nombres composés de trois et de quatre chiffres.*

Nous avons vu que rien n'est plus simple et plus facile que la mnémonisation des nombres composés de deux chiffres; on reconnaîtra qu'il sera, en général, aussi aisé de mnémoniser ceux qui sont formés de trois ou de quatre. Nous conviendrons cependant que nous ne sommes pas arrivé immédiatement au résultat que nous avons obtenu. En effet, après avoir trouvé le moyen de traduire les unités et les dixaines, la première idée qui se présente à l'esprit lorsqu'il s'agit d'exprimer des nombres formés de trois ou quatre chiffres, est de réunir dans l'ordre où se trouvent placés les chiffres qui forment ces nombres, les voyelles ou les monosyllabes qui ont servi à les rendre séparément selon les règles résumées dans le second tableau. Ainsi, pour rendre, par exemple, le nombre 146, on est porté d'abord à traduire le chiffre 1 par la voyelle *a* et le nombre 46 par le son *né*, de manière qu'en réunissant ces deux termes, on pourra obtenir le mot *année*. Mais, outre que cette manière de procéder présente des difficultés, et qu'elle exige trop souvent l'emploi de plusieurs mots pour exprimer un seul nombre, elle a encore le grave inconvénient de nécessiter un travail d'esprit pour ramener ces mots en chiffres. Nous avons donc cherché et nous sommes parvenu à trouver un autre moyen à la fois plus facile et plus commode.

Nous avons considéré que les unités de troisisième ordre et leurs intermédiaires présentaient neuf séries de 99 ou 100 nombres chacune. Or, comme nous avons employé déjà neuf sons principaux pour exprimer d'abord les unités simples, et ensuite les dixaines, nous avons pensé que le même moyen pourrait servir pour rendre les unités de troisième ordre. Cependant, comme il est beaucoup de faits, principalement dans l'histoire, qui appartiennent aux unités simples et aux dixaines, il a fallu, pour éviter la confusion, emprunter un son, ou plutôt une terminaison à l'une des voyelles les plus riches sous ce rapport, c'est-à-dire qui se représentent le plus souvent à la fin des mots, dans le but de ne l'employer habituellement que pour traduire les nombres, 1, 2, 3, 4, etc.!, jusqu'à 100. Ainsi, dans notre système, chaque série de 99 ou de 100 nombres aura, pour la distinguer des neuf autres séries de même nature, un son spécial et commun à tous les nombres qui la composent, et qui correspondra au son du *chiffre* des unités simples qui forme l'initiale de chacune de ces séries et qui par cela même la caractérise.

D'après ces principes, les mots qui, notamment pour les faits historiques, serviront à exprimer tous les nombres depuis 1 jusqu'à 100, auront une terminaison féminine en *ale*, *ace*, *ade*, *ame*, *ane*, etc., que nous avons empruntée à la voyelle *a*;

Ceux qui rendront les nombres à partir de 100 jusqu'à 200 auront une terminaison masculine en *a*, *as*, *at*, etc.;

Pour les nombres 200 jusqu'à 300, nous aurons les terminaisons en *an*, *ance*, *ante*, *ande*, *ange*, etc.;

Pour 300 jusqu'à 400, les terminaisons en *ar*, *arce*, *arte*, *er*, *erce*, *or*, *orce*, *our*, *ur*, etc.;

Pour 400 jusqu'à 500, les terminaisons en *e*, *é*, *et*, *ez*, *esse*, *aise*, *ette*, *elle*, *aime*, *aine*, etc.;

Pour 500 jusqu'à 600, les terminaisons en *i*, *il*, *ice*, *ime*, *ine*, *ite*, *istre*, *ippe*, etc.;

Enfin les nombres des autres séries jusqu'à 1000 prendront les terminaisons correspondantes à celles des unités simples 6, 7, 8 et 9.

Comme il était impossible de donner plus d'extension à l'usage que nous avons fait de notre procédé, le moyen que nous avons employé pour exprimer les unités de troisième ordre, nous a servi aussi pour rendre celles du quatrième, c'est-à-dire tous les nombres formés de quatre chiffres. Ainsi, les mêmes mots qui servent à rendre les nombres depuis 1 jusqu'à 100, nous serviront pour traduire ceux compris entre 999 et 1100;

Ceux qui rendent les nombres à partir de 100 jusqu'à 200 seront employés pour les nombres 1100 jusqu'à 1200, etc., etc.

On conçoit que cette similitude de mots mnémonisateurs pour exprimer des nombres différents présentera peu d'inconvénients, surtout pour les faits historiques appartenant à l'histoire moderne, puisqu'il existera toujours un intervalle de 1000 ans entre deux faits exprimés par le même mot ou par deux mots analogues. Quant à ceux de ces faits qui suivent de près le commmencement de l'ère vulgaire et qu'on pourrait confondre avec ceux qui la précèdent, on sentira la nécessité de fixer suffisamment son attention sur la nature de ces divers faits, pour éviter les erreurs.

Il nous reste maintenant à traduire les nombres 100, 200, 300, etc., jusques et y compris le nombre 900; et pour cela nous n'éprouverons pas plus de peine que pour les nombres intermédiaires, puisque pour y parvenir nous emploierons facilement le même procédé. Nous avons vu, en effet, dans le premier tableau que le son *in* ou *ain* exprime le chiffre 0. Or, pour exprimer 100, nous nous servirons des mots commençant par ce premier son et finissant par le son *a*, qui, ainsi qu'on l'a remarqué, vaut 1, *ingrat* par exemple.

Pour exprimer le nombre 200, le mot mnémonisateur finira en *an* ou par ses dérivés, comme *instant*, *inconvénient*, *inconstance*.

Il en sera de même pour les nombres suivants, qui devront toujours être terminés par le son afférent au chiffre initial.

Il en sera de même encore pour les nombres 1000, 1100 jusques et y compris le nombre 1900. Seulement pour le nombre 1000, on emploiera la terminaison féminine de la voyelle *a*, ainsi que nous l'avons expliqué plus haut, au sujet de la mnémonisation des nombres depuis 1 jusqu'à 100.

Pour rendre encore plus clair ce que nous venons de dire, nous donnerons la traduction de quelques nombres de premier, deuxième, troisième et quatrième ordre, appartenant aux diverses séries dont nous avons parlé.

| 0<br>able, etc. | 1<br>a | 2<br>an | 3<br>ar | 4<br>e |
|---|---|---|---|---|
| 1 et 1000<br>*adorable* | 100 et 1100<br>*ingrat* | 200 et 1200<br>*inconstant* | 300 et 1300<br>*ingénieur* | 400 et 1400<br>*inspiré* |
| 2<br>*ambassade* | 103 et 1300<br>*orgeat* | 204 et 1204<br>*étonnant* | 301 et 1301<br>*acteur* | 404 et 1404<br>*étonné* |
| 3<br>*organe* | 108<br>*hourrah* | 213<br>*manant* | 316<br>*nature* | 403<br>*initié* |
| 4<br>*aimable* | 112<br>*draps* | 222<br>*dent* | 321<br>*cantinière* | 410<br>*balai* |
| 5<br>*Isaac* | 123<br>*mandat* | 226<br>*Nantes* | 330<br>*barbare* | 417<br>*pâté* |
| 6<br>*ombrage* | 138<br>*servira* | 232<br>*dernièrement* | 339<br>*torture* | 423<br>*mensonger* |
| 7<br>*hommage* | 144<br>*légat*<br>*renégat* | 243<br>*fainéant.* | 348<br>*séducteur* | 430<br>*bordée* |
| 8<br>*ouvrage* | 149<br>*ténia* | 258<br>*signalement* | 358<br>*signature* | 442<br>*degré* |
| 9<br>*usage* | 161<br>*consulat* | 263<br>*montant* | 361<br>*confiteor* | 452<br>*dignité* |
| 10<br>*badinage* | 172<br>*doctorat* | 273<br>*finissant*<br>*volant* | 364<br>*longueur*<br>*rondeur* | 462<br>*dondaine* |
| 16<br>*nasse* | 176<br>*noviciat* | 276<br>*noblement* | 370<br>*bonheur* | 463<br>*fontaine* |
| 21<br>*campagne* | 188<br>*soulas* | 281<br>*coulant* | 371<br>*colère* | 471<br>*goguettes* |
| 33<br>*fermage*<br>*vertical* | 190<br>*burat* | 288<br>*souffrance* | 377<br>*procédure* | 481<br>*jouet* |
| 37<br>*pinacle* | 191<br>*crucifix* | 293<br>*munificence* | 383<br>*fourrure*<br>*vouloir* | 492<br>*dureté* |
| 80<br>*bourrache* | 192<br>*ducat* | 297<br>*prudence* | 393<br>*fureur*<br>*vulgaire* | 499<br>*tudesque* |

Nota. On remarquera par quelques uns des exemples qui figurent dans ce tableau, doit servir de guide pour leur traduction ; le mot *bonheur*, par exemple, qui se prononce

| 5<br>i | 6<br>on | 7<br>o | 8<br>ou | 9<br>u |
|---|---|---|---|---|
| 500 et 1500<br>*incurie* | 600 et 1600<br>*intention* | 700 et 1700<br>*impôt* | 800 et 1800<br>*indou* | 900 et 1900<br>*intrus* |
| 501 et 1501<br>*habit* | 602 et 1602<br>*ambition* | 701 et 1701<br>*anneau* | 802 et 1802<br>*ampoule* | 901 et 1901<br>*abus* |
| 509<br>*usufruit* | 607<br>*opinion* | 702<br>*angelot* | 805<br>*hibou* | 903<br>*hiatus* |
| 510<br>*babil* | 610<br>*bâton* | 703<br>*argot* | 808<br>*outre* | 907<br>*obus* |
| 515<br>*maladie* | 630<br>*barbon* | 704<br>*écot* | 814<br>*casse-cou* | 909<br>*us* |
| 519<br>*tarif* | 640<br>*bénédiction* | 718<br>*sabot* | 815<br>*maroufle* | 911<br>*chasuble* |
| 529<br>*transi* | 650<br>*bichon* | 728<br>*sanglot* | 820<br>*banqueroute* | 924<br>*lanturlu* |
| 533<br>*fourmi*<br>*vermine* | 660<br>*bombe* | 738<br>*sorbonne* | 817<br>*pantoufle* | 931<br>*cornu* |
| 538<br>*sursis* | 662<br>*don* | 739<br>*tourtereau* | 834<br>*Carfou* | 937<br>*perdu* |
| 547<br>*péril* | 665<br>*front* | 740<br>*bédeau* | 840<br>*belouse* | 951<br>*quitus* |
| 557<br>*prime* | 663<br>*monde* | 750<br>*brioche* | 850<br>*bijou* | 961<br>*confus* |
| 567<br>*pontife* | 676<br>*notion* | 777<br>*probe* | 851<br>*grigou* | 970<br>*bossu* |
| 577<br>*pot-pourri* | 680<br>*brouillon* | 778<br>*sobre* | 880<br>*boule* | 980<br>*bourru* |
| 587<br>*paulie* | 692<br>*ducaton* | 780<br>*bourreau* | 881<br>*cou* | 930<br>*but* |
| 597<br>*pudique* | 698<br>*suspicion* | 798<br>*suppôt* | 883<br>*fou*<br>*vous* | 998<br>*sucre* |

qu'on ne doit pas avoir égard à l'orthographe des mots, et que leur prononciation seule
*bo-neur*, se traduit par le chiffre 570 ou ~~1570~~.

On voit que, ainsi que nous l'avons annoncé, tous les mots qui figurent dans la première colonne, comprenant les unités de premier et de deuxième ordre, ont la terminaison féminine de la voyelle *a*;

Tous ceux de la seconde, destinés à traduire les nombres depuis 100 jusqu'à 200, ont une terminaison masculine de la même voyelle;

Ceux de la troisième, traduisant les nombres depuis 200 jusqu'à 300, ont une terminaison en *an* et ses dérivés;

Ceux de la quatrième, qui expriment les nombres depuis 300 jusqu'à 400, ont une terminaison en *ar* et ses analogues;

Ceux de la cinquième, qui rendent les nombres depuis 400 jusqu'à 500, ont une terminaison en *e* et ses dérivés;

Ceux de la sixième, qui ont rapport aux nombres 500 jusqu'à 600, ont une terminaison en *i* et ses dérivés;

Ceux de la septième, relatifs aux nombres 600 jusqu'à 700, ont une terminaison en *on* et ses dérivés;

Ceux de la huitième, qui représentent les nombres depuis 700 jusqu'à 800, ont une terminaison en *o* et ses dérivés;

Ceux de la neuvième, qui s'appliquent aux nombres depuis 800 jusqu'à 900, ont une terminaison en *ou* et ses dérivés;

Enfin ceux de la dixième colonne, qui traduisent les nombres 900 jusqu'à 1,000, ont une terminaison en *u* et ses dérivés.

Pour savoir *le nombre de centaines* qu'exprime un mot mnémonisateur, ou pour reconnaître si ce mot ne renferme que des unités de premier et de deuxième ordre, il suffit donc de remarquer sa terminaison. Pour savoir quelle fraction du nombre 100 représente ce même mot, il ne faut que fixer son attention sur la première syllabe de ce mot. Dans le mot *adorable*, par exemple, nous voyons qu'il y a absence de centaines, et que sa première syllabe *a* traduit le chiffre 1, et l'on reconnaît immédiatement et sans aucun effort que ce mot équivaut au nombre 1. Dans le mot *opinion*, nous remarquons que sa terminaison *on* exprime 6 centaines, et que sa première syllabe *o* vaut 7 unités; de sorte que ce mot équivaut pour nous au nombre 607, ou 1607.

Nous donnerons ici quelques exemples de faits historiques mnémonisés, afin de mieux fixer les idées sur la théorie que nous venons d'exposer.

Enée se transporte en Italie après la prise de Troie; il y épouse Lavinie, fille du roi Latinus, qu'on dit fils d'Hercule, ce qui n'a été établi que très . . . . . . . . . . . . . . . . . . . . . *obscurément* 1207

Romulus, premier roi et fondateur de Rome n'était sûrement pas un. . . . . . . . . . . . . . *Visigoth* 753

*Combat des Horaces et des Curiaces*, à la suite duquel la ville d'Albe est détruite, et ses habitants sont transférés à Rome, évènement si singulier qu'on est tenté de le prendre pour un.. *songe* 668

*Etablissement de la république à Rome :* Brutus et Collatin sont nommés consuls. Extrême rigueur de Brutus envers ses fils, dans l'intérêt d'une république qui fut vraiment . . . . . . . *unique* 509

Le tribun *Cornelius Cossus* va consacrer au temple de Jupiter Férétrien les dépouilles opimes qu'il a remportées sur *Lors Tolumnius*, roi des Véiens, qui l'avait. . . . . . . . . . . . . . . . *nargué* 436

*Pontius Herennius*, général des Samnites, fait passer sous le joug une armée romaine aux *Fourches-Caudines*, au bruit des. . . . . . . . . *fanfares* 325

*Bataille de Zama :* Cette journée met fin à la seconde guerre punique, dont la durée a été de dix-sept ans, et qui a affaibli Carthage d'une manière *effrayante* 204

Les Cimbres, abandonnant leur projet d'aller attaquer Rome, passent en Espagne, au nombre de 300,000, sans compter les femmes, les enfants et les esclaves, et, semblable à un torrent, leur armée envahit cette presqu'île, qu'elle. . . . . *inonda* 105

Marius, après la *célèbre bataille de Verceil*, obtient son sixième consulat, ce qui prouve qu'envers lui les Romains ne sont pas . . . . . *ingrats* 100

*Cicéron*, âgé de vingt-sept ans, plaide sa première cause d'état en faveur de *Roscius* contre Chrysogon, affranchi de Sylla, et la gagne; et dès-lors ce célèbre orateur ne manqua pas. . . . . *d'ouvrage* 82

On voit que, conformément à ce que nous avons annoncé, *d'au*, qui dans ce dernier exemple forme la première syllabe du mot mnémonisateur, rend le chiffre 82, et que la terminaison féminine de ce mot exprime que la date appartient à la première série de 99 nombres comprenant les unités simples et celles de deuxième ordre. On n'aura aucune peine pour ramener ce mot au nombre qu'il représente, lorsque avec un peu d'exercice, on aura pris l'habitude de cette espèce de traduction, que toutes les personnes attentives pourront faire sans la moindre hésitation.

Ces divers exemples suffiront probablement pour faire comprendre notre méthode. Nous ferons cependant observer que, quoique par l'effet des combinaisons qu'elle présente, elle nous mette dans la nécessité d'indiquer les dates des faits dans un sens inverse, on conviendra que ce mode n'a réellement aucun inconvénient, puisque la rapidité avec laquelle on peut reporter son attention de la première syllabe du *mot nombre* exprimant les unités simples ou celles de second ordre, sur la terminaison de ce mot dont le son exprime les centaines, permet de s'habituer aisément à ce renversement.

Nous ferons à cette occasion deux autres remarques : la première, c'est qu'une seule syllabe suffit, dans certains cas, pour traduire un nombre composé de trois ou de quatre chiffres. Il en est de même des mots composés de deux syllabes dont la seconde est muette, comme, par exemple, le mot *songe* qui, d'abord parce qu'il est précédé de la consonne *s*, signifie 68, et qui, par sa terminaison, indique la série des unités de troisième ordre ou des centaines afférentes au chiffre 6.

Notre seconde remarque consiste en ce que nous pouvons employer dans nos traductions des mots composés de trois ou quatre syllabes ou plus, puisque, pour ces traductions, nous n'avons égard qu'à la première, qui exprime les unités de premier ou de deuxième ordre, et à la dernière, dont le son est destiné à rendre le chiffre des centaines. Les mots *Visigoth* et *obscurément*, employés plus haut, confirment notre observation.

Comme presque toujours, ou du moins très souvent, il suffit d'un seul mot pour traduire une date, il en résulte que ce mot rappelle souvent aussi, sans le moindre effort, le fait auquel il s'applique, au moyen de la liaison qui s'établit, pour ainsi dire, naturellement entre eux dans l'esprit. Ainsi, dans un des faits que nous avons mnémonisés plus haut, on trouve un rapport de différence entre *Romulus* et *Visi-*

*goth*, qui peut servir, lorsqu'on a l'idée de ce dernier mot, à réveiller celle de Romulus, et réciproquement.

Il peut souvent arriver aussi que le même mot soit employé pour traduire deux faits différents, qui se sont passés dans le même temps ou dans des temps différents, et aussi dans le même pays ou dans des pays divers. Dans tous les cas semblables, ce mot pourra rappeler au même instant à l'esprit les faits auxquels il aura été appliqué. Nous mnémoniserons deux faits, dont le premier s'est passé trente-trois ans avant J.-C., et le second trente-trois ans après, et qui feront mieux comprendre notre observation.

Antoine répudie Octavie et épouse Cléopâtre, reine d'Egypte : sa folle passion pour cette princesse cause sa ruine, car l'amour est un tyran . . . . . . . . . . . . . . . . . . . . . . . . *formidable* 33

Jésus-Christ est crucifié sous Tibère, et la mort d'un Dieu est une leçon . . . . . . . . . . . . . . . *formidable* 33

---

## *De la mnémonisation des numéros d'ordre à appliquer à certaines listes ou nomenclatures.*

Pour se rappeler au besoin les rapports qui existent entre certains faits de même nature, tels que l'ordre de succession des princes qui ont régné dans un même pays, les distances respectives des diverses planètes au soleil, ou le degré de résistance qu'offrent différents bois, les uns par rapport aux autres, des listes ou nomenclatures présentant ces faits dans l'ordre qui leur appartient, avec l'indication de numéros correspondants à ces faits, offrent un avantage qu'on ne saurait contester. Mais on n'ignore pas que, pour se le procurer, les moyens naturels sont presque toujours insuffisants, surtout lorsque les faits à retenir sont nombreux. Il sera donc utile de mnémoniser les numéros qui précèdent les faits compris dans les listes ou nomenclatures qu'on aura établies. Des mots analogues à ceux que nous avons employés pour rappeler la durée de la vie de quelques personnages célèbres nous serviront encore pour obtenir ce nouveau résultat. Nous ferons cependant observer que si les faits mentionnés dépassaient le nombre 100, comme, par exemple, s'il s'agissait de la nomenclature des familles de plantes de la Flore française, il serait nécessaire d'user du moyen que nous avons indiqué au sujet des époques de l'histoire; c'est-à-dire de donner aux mots mnémonisateurs de la première série de cent nombres une terminaison en *al*, *ale*, *ace*, *ate*, *ame*, etc., afin de les distinguer de ceux de la seconde, pour laquelle ces mêmes mots finiront par la voyelle simple *a*. Si le nombre des faits s'élevait au delà de 200, la troisième série aurait une terminaison en *an*, la quatrième en *ar*, la cinquième en *e*, etc. Mais, dans les autres cas, il est inutile de s'astreindre à cette règle.

Pour mnémoniser les numéros d'ordre, il faut lier les monosyllabes ou les mots qui les représentent avec les faits qu'il s'agit de retenir, et il est indispensable que, dans les formules, ces mots précèdent l'indication des évènements qu'elles ont pour objet de rappeler, ainsi qu'on le remarquera dans la nomenclature des rois de France que nous donnons à la suite de notre exposé. Ce procédé s'appliquera à tous les faits qu'on voudra. On l'emploiera avec avantage pour se rappeler les divisions d'un discours ou l'ordre dans lequel ont été distribués les divers chapitres d'un ouvrage. Il suffira, pour cela, d'assigner à chaque nombre, à partir du n° 1er jusqu'au n° 100, s'il est nécessaire, un mot mnémonisateur invariable, et d'apprendre ensuite par cœur tous ces mots avec assez de soin pour pouvoir se les rappeler à volonté, ce qui sera très facile quand on possédera bien le deuxième tableau. On arrivera par ce moyen au même résultat que par l'emploi du système des localités et des images, autrefois en usage chez les anciens; c'est à dire qu'on pourra classer dans son esprit une série plus ou moins longue de faits ou de mots qu'on aura attentivement écoutés, en liant mentalement chacun d'eux au mot mnémonisateur qui lui correspond, de manière à pouvoir les répéter tous ou presque tous, selon le degré d'attention dont on sera doué, dans l'ordre naturel ou inverse, et en donnant à chacun le numéro qui lui appartient. Nous donnons pour exemple, dans le tableau suivant, cent mots correspondants aux cent premiers nombres et qui pourront servir dans la plupart des cas.

| 0. | 0. b. | 1. c. | 2. d. | 3. f. v. | 4. l. r. | 5. m. | 6. n. | 7. p. | 8. s. | 9. t. |
|---|---|---|---|---|---|---|---|---|---|---|
| 1. hache | 10. bât | 11. casque | 12. dame | 13. flamme | 14. lac | 15. mat | 16. nasse | 17. paille | 18. sabre | 19. tasse |
| 2. ange | 20. banc | 21. cancre | 22. dent | 23. flon | 24. lance | 25. mante | 26. nan (mouche) | 27. paon | 28. sang | 29. tente |
| 3. hart | 30. barbe | 31. carpe | 32. dard | 33. fard | 34. lard | 35. mare | 36. nard | 37. parque | 38. source | 39. tarte |
| 4. haie | 40. bœuf | 41. queue | 42. dais | 43. feu | 44. lait | 45. meule | 46. nœud | 47. preux | 48. sel | 49. thé |
| 5. hydre | 50. bille | 51. quille | 52. drille | 53. figue | 54. lit | 55. mil | 56. nid | 57. pipe | 58. scie | 59. tine |
| 6. ongle | 60. bombe | 61. conque | 62. don | 63. fronde | 64. longe | 65. montre | 66. nonce | 67. pont | 68. sonde | 69. tombe |
| 7. os | 70. botte | 71. colle | 72. drogue | 73. faux | 74. lotte | 75. mopse | 76. nonne | 77. pot | 78. sceau | 79. taupe |
| 8. houx | 80. boule | 81. coupe | 82. douche | 83. foudre | 84. loup | 85. mousse | 86. noue (tuile creuse) | 87. pou | 88. sou | 89. trou |
| 9. hutte | 90. buse | 91. jus | 92. dub (lézard) | 93. fût | 94. lune | 95. mule | 96. nue | 97. puce. | 98. sucre | 99. tube |

100. ingrat.

En terminant l'exposé de notre méthode, nous ferons encore une remarque essentielle : c'est que les formules que nous employons, soit qu'elles expriment naturellement les faits, soit qu'elles nous aient été fournies par l'imagination, ne sont utiles que pour lier ces faits avec les mots mnémonisateurs : de sorte que lorsqu'on les possède, il convient, pour arriver à opérer plus aisément la traduction de ces mots, de fixer assez longtemps sur eux son attention pour pouvoir se les rappeler à volonté, puisqu'au moyen de cette précaution, ils rappelleront en même temps à l'esprit les faits auxquels ils se rapportent.

# SUPPLÉMENT

À LA

# NOUVELLE MNÉMONIQUE.

## FORMULES EN VERS.

*Nomenclature des rois de France, et mnémonisation de la date de leur avènement au trône.*

Des honneurs du pavois vaillant et fier objet,
L'illustre *Pharamond* brille au royal *banquet*.............. 420

Jaloux de sa couronne à Rome menacée,
*Clodion* vers la guerre a tourné sa *pensée*................. 427

*Mérovée*, autrefois puissante majesté,
N'offre plus qu'un reflet de sa *célébrité*.................. 448

Le *premier Childéric* d'un beau trône héritier,
Expie un grand défaut qu'en vain il veut *nier*.............. 456

Actif, vaillant, cruel, par l'orgueil dominé,
*Clovis-premier* vécut et mourut *couronné*................. 481

(1) Encor que *Childebert* respectât peu Thémis,
Comme un bon roi pourtant on l'honora *jadis*.............. 511

Courageux, libéral, ambitieux insigne,
De la férocité *Clotaire* (2) avait le *signe*................ 558

(1) *Autre formule* : Si *Childebert-premier* révolta la critique,
Pourtant, roi charitable, il mourut *catholique*.

(2) Clotaire I^er^, la voyelle *a* qui suit représentant le chiffre 1; voir l'*Exposé de la méthode*.

*Caribert*, éclairé, sagement rigoriste,
Sait que dans l'équité l'art de régner *consiste*............. 561

Le *premier Chilpéric*, plus méchant que Caïphe,
De satan, ici-bas, fut un digne *pontife*................. 567

*Clotaire-deux* aussi de fureur se nourrit,
Et de sa cruauté jamais il ne *rougit*..................... 584

Le *premier Dagobert*, dont Rome est caution,
De ses tristes écarts rêva la *sanction*.................... 628

Dans la chaine des rois admirable chainon,
*Clovis-deux*, en mourant, reçut un beau *surnom* (1)....... 638

*Clotaire* (2), au premier rang, courbant un humble front,
Fût-il juste et clément ses neveux le *riront*............... 656

*Childéric-deux* (3) à peine a couronné son front,
Qu'il apprend... un peu tard, que le flatteur *corrompt*...... 671

Courbant *Thierri-premier* sous son ambition,
Pépin (4) cède sans peine à sa *vocation*.................. 673

(5) Pépin était encor tout puissant dans le monde,
Le jour où du Léthé *Clovis-trois* a *bu l'onde*............. 690

(1) *Clovis II*, surnommé *le père des pauvres*.

(2) *Clotaire III*, le son *aire* qui termine le mot équivalant au chiffre 3.
*Autre formule :* Vrai fantôme de roi, *Clotaire* pudibond,
Sous le maire Ebrouin n'est ni méchant *ni bon*.

(3) Quelques auteurs portent la date de l'avènement de *Childéric II* à l'année 670 ; la formule suivante est applicable à cette époque :
*Childéric-deux*, despote et cruel et brouillon,
Maudit en expirant le seigneur *Bodillon*.

(4) Pépin d'Héristal.
*Autre formule :* L'ambitieux Pépin, fourbe adroit qui le trompe,
Laisse à *Thierri-premier* la vaine et *fausse pompe*.

Formule qui se rapporte à l'année 674, adoptée par quelques auteurs :
Courbant Thierri-premier sous son ambition,
Pépin en sa faveur fixa *l'opinion*.

(5) Autre formule pour ceux qui fixent l'avènement de *Clovis III* à l'an 691 :
Pépin, sous Clovis-trois, sans contestation,
Conserve de l'Etat la *juridiction*.

Lorsqu'à *Childebert-trois* vint la succession,
Pépin ne perdit rien à la *mutation*...................... 695

Pour guider *Dagobert*, (1) Pépin, près du tombeau,
Installe Théobald dans le royal *château*.................. 711

Quand *Clotaire* (2) est muni des insignes royaux,
Martel (3) soutient au moins les droits *nationaux*........... 716

Au roi *Chilpéric-deux* (4), qui meurt sans auréole,
L'ambitieux Martel impose sa *parole*...................... 717

Lorsque de *Thierri-quatre* on eut clos le caveau,
Martel (5) régna cinq ans sans le royal *bandeau*............ 720

En vain *Childéric-trois*, invoque Tisiphone,
Lorsque l'ambition sans pudeur le *détrône*................. 742

(6) Les Mérovingiens désormais sans écho,
Montrant *Pépin-le-bref*, le livrent à *Clio*................ 751

*Charlemagne*, ce roi que justement on prône,
Fameux dans les combats, affermit bien *son trône*.......... 768

*Louis-premier*, toujours prosterné dans la poudre,
S'est abaissé si bas que rien ne peut *l'absoudre*........... 814

*Charles-deux*, faible prince, à l'allure un peu louche,
N'est qu'un rameau pourri d'une si *belle souche*........... 840

Devant Rome et les grands fléchissant le genou,
*Louis-deux* se soumet, ainsi qu'un *pauvre fou*......... ... 877

(1) *Dagobert III*, le son *er* qui termine ce nom exprimant le chiffre 3.

(2) *Clotaire IV*, le son *e* ou *est* qui suit exprimant le chiffre 4.

(3) Charles Martel.

(4) Autre formule pour ceux qui fixent l'avènement de *Chilpéric II* à l'an 715 :

*Chilpéric-deux* rougit quand Martel, vrai héros,
Prépare pour Clio tant de *matériaux*.

(5) Après la mort de *Thierri IV*, arrivée en 737, il y eut un interrègne de cinq ans, pendant lequel Charles Martel gouverna sous le titre de *Duc* ou *Prince des Français*.

(6) Autre formule, conformément aux auteurs qui portent la date de l'avènement de *Pépin-le-bref* à l'an 752.

Aux Mérovingiens ravissant le royaume,
Le fier *Pépin-le bref* va régner sans *diplome*.

*Louis-trois*, *Carloman*, mus par les mêmes goûts,
Envers le roi *Bozon* se montrèrent *trop doux*.............. 879

*Carloman* sait qu'au styx conduisent mille routes;
Mais sur celle qu'il prit il existe des *doutes*................ 882

Sans boussole entraîné, *Charles-le-gros* échoue,
Pilote malheureux, que personne ne *loue*.................. 884

*Eudes* sert son pays dont le destin le touche,
Et d'illustres guerriers ce héros est la *souche*.............. 888

On sait que *Charles-trois* (1) n'avait pas l'âme double,
Et que jusqu'à sa mort ce bon prince a *vu trouble*.......... 893

L'usurpateur *Robert* sur le trône trébuche,
Et sait bientôt qu'un roi n'est pas exempt *d'embûche*........ 922

Ainsi qu'au roi Robert chez Pluton descendu,
Le royaume à *Raoul* par les grands est *vendu*............ 923

*Louis quatre* longtemps victime d'un abus,
Pour monter sur le trône en exil *n'arme plus*.............. 936

Lorsque *Lothaire* en vain fait la guerre aux abus,
Sous ses mille tyrans le peuple ne *lit plus*................ 954

*Louis-cinq* (2) que consume un traître fébrifuge,
A sa femme, en mourant, dit : c'est Dieu qui *nous juge!*.... 986

Si, pour titres, *Capet* n'offre que ses vertus,
Est-il donc pour régner des droits qui *prouvent plus?*....... 987

Dans la nuit où se traîne un siècle peu connu,
Toujours du bon *Robert* (3) le cœur se montre à *nu*....... 996

Sous le *premier Henri*, florissaient le servage,
La terreur, l'ignorance et toujours le *carnage*............ 1031

Sous *Philippe-premier* qui mourut sous la chape,
Brilla Grégoire-sept qui se crut un *bon pape*.............. 1060

Longtemps contre Albion *Louis-six* guerroya,
Réveillant des traités que l'Anglais *oublia*............... 1108

(1) Charles III, surnommé *le simple*.
(2) Louis V fut empoisonné à l'âge de 20 ans par la reine *Blanche*, sa femme.
(3) Robert II.

*Louis-sept* que toujours le remords tourmenta,
Se sentit allégé sous la croix qu'il *porta*.................. 1137

L'heureux *Philippe-deux* que la gloire exauça,
Remplit longtemps le monde et le *bouleversa*.............. 1180

*Louis-huit* (1), vrai *lion*, fameux par sa vaillance,
Aux dépens de l'Anglais sut agrandir la *France*............ 1223

A part quelques édits que *Louis-neuf* présente,
Il n'est sorte de biens que son règne *n'enfante*............. 1226

(2) De désordre et d'abus les fâcheux partisans
Du roi *Philippe-trois* regrettent le *beau temps*............. 1270

Plein de valeur, actif, traitant Rome crûment,
Le roi *Philippe-quatre* aima le *mouvement*................ 1285

(3) Trop faible et trop léger, *Louis-dix*, sans grandeur,
Au comte de Valois confia son *labeur*.................... 1314

*Jean-un* (4) paie en naissant tribut à la *nature*... ....... 1316

*Philippe-cinq* maintient, affermit son empire,
Et comme un bon pilote il conduit son *navire*.............. 1316

Sans gloire et sans honneur si *Charles-quatre* expire,
C'est qu'à ses favoris il laissa trop *d'empire*............... 1322

Sans talent, malheureux, source d'éternels pleurs,
*Philippe-six* en France eut beaucoup de *censeurs*.......... 1328

Au milieu des écueils voguant toujours sans phare,
*Jean-deux*, surnommé *bon*, fut un prince *bizarre*........... 1350

(5) Charles-cinq, de la France en rêvant le bonheur,
Succomba, jeune encore, atteint d'un mal *rongeur*.......... 1364

Du pauvre *Charles-six* qui meurt beaucoup trop tard,
La raison disparait sous un épais *brouillard*............... 1380

(1) Louis VIII a été surnommé *le lion*.

(2) *Autre formule :* Au clergé sans pudeur, vicieux librement,
Le roi *Philippe-trois* se soumet *bonnement*.

(3) *Autre formule :* *Louis-dix* de Plutus recherchant la faveur,
Affranchit pour de l'or le pauvre *laboureur*.

(4) Jean Ier ne vécut que huit jours.

(5) *Autre formule :* Politique éclairé, prince réparateur,
*Charles-cinq* de la guerre abrège la *longueur*.

*Charles-sept*, à la fin, chasse les étrangers,
Et recouvre son trône après mille *dangers*.................. 1422

*Louis-onze* (1) toujours par la fourbe entraîné,
Est absous comme roi, comme homme *condamné*............ 1461

Pour sa grande bonté *Charles-huit* est loué;
Mais, frivole, aux plaisirs ce roi fut trop *voué*.............. 1483

De Trajan *Louis-douze* enviant les succès,
Comme lui fut aimé, chéri de ses *sujets*..................... 1498

Célèbre par l'esprit, mais faible politique,
*François-premier* fut fier, vaillant et *magnifique*............ 1515

*Henri-deux*, faible roi que l'amour asservit,
Sans grandeur et sans gloire et véeut et *périt*.............. 1547

Au nom de *François-deux*, la guerre aux Calvinistes
Change en des jours mauvais des jours déjà bien *tristes*....... 1559

Du temps de *Charles-neuf* le souvenir maudit
Pèse encore sur le cœur qui frisonne et *bondit*.............. 1560

*Henri-trois*, de la ligue ignore la tactique,
Et ce roi malheureux montre peu de *logique*.............. 1574

*Henri-quatre* à la ligue heureusement résiste,
Grand roi, qu'on vit longtemps errer comme un *touriste*..... 1589

*Louis-treize* saisit le royal aviron,
Plus heureux si le sort n'en eut fait qu'un *baron*!........... 1610

*Louis* (2), dont la puissance à la splendeur répond,
En glorieux succès eut un règne *fécond*................... 1643

*Louis-quinze* imitant les jeux des pastoureaux,
Soupire follement d'indignes *madrigaux*................... 1715

Désanchanté des biens qu'un faux culte renomme,
*Louis-seize*, en mourant, hélas! nous montre *l'homme* ..... 1774

(3) La France à ses douleurs veut appliquer un baume,
Et ses rois rudement sont renversés *du trône*.............. 1792

(1) Louis XI abaissa les grands, fit rendre la justice avec sévérité, établit les postes, et réunit plusieurs grands fiefs à la monarchie; mais cruel et méchant, ce prince a été surnommé *le Tibère de la France*.

(2) Louis XIV.

(3) Etablissement de la République.

*Bonaparte*, *Consul*, relève nos drapeaux,
Et son auguste image orne encor nos *trumeaux*.............. 1799

(1) Illustre conquérant que la patrie absout,
Empereur, et puis roi, *Napoléon est tout!*................ 1804

Quand de la France en deuil la puissance s'écroule,
*Louis-dix-huit* s'efforce à rassurer *la foule*................ 1814

L'esprit de *Charles-dix* chez les Bretons se rouille,
Et quand il devient roi sa minerve *l'embrouille*............ 1824

*Roi des Français* enfin! doué d'une âme douce,
*Louis-Philippe* ordonne où (2) régna *Barberousse*.......... 1830

Nous avons annoncé dans l'*Exposé de la méthode* que la mnémonisation des numéros d'ordre d'une liste quelconque pouvait être fort utile pour opérer dans la pensée une liaison nécessaire entre les faits qui en sont l'objet, principalement dans le but de rappeler avec certitude que tel fait a précédé ou suivi tel autre fait. Nous avons cru en conséquence devoir établir une nouvelle nomenclature des rois de France, dont les formules, rédigées en prose, indiquent ces numéros, et reproduisent d'ailleurs les mêmes mots mnémonisateurs relatifs aux dates, qui nous ont servi dans la première liste. On concevra aisément qu'avec une semblable complication de mots dont les règles de la méthode ne permettent pas le choix, des formules en vers auraient présenté, dans ce dernier cas, des difficultés presque toujours insurmontables.

On obtiendrait encore plus sûrement et plus promptement le résultat dont il est question si, à l'indication des numéros d'ordre, et à l'aide d'un procédé très ancien et généralement connu, on rapportait ces mêmes numéros avec les faits auxquels ils sont liés à une série de pareil nombre de localités, telles qu'une suite de maisons dont l'ordre serait devenu familier aux personnes qui voudraient faire usage de ce moyen; ou telles encore que les différentes pièces de l'une ou de plusieurs de ces maisons, en plaçant dix numéros et conséquemment dix

(1) *Autre formule :* A l'empereur qu'il fait le sénat se dévoue,
Et devant le héros la république *échoue.*

(2) L'Algérie.
*Autre formule :* *Louis-Philippe* au trône apporte une âme douce,
Et féconde le sol où régna *Barberousse.*

faits dans chaque pièce. Si l'on adoptait ce dernier parti, on pourrait fixer le 0 au centre et sur le sol de la première de ces pièces, les numéros 1, 3, 5 et 7 au milieu des quatre parois, les numéros 2, 4, 6 et 8 aux quatre angles, et le numéro 9 au centre du plafond. Dans la deuxième pièce, le numéro 10 occuperait le centre du parquet; les numéros 11, 13, 15 et 17 seraient au milieu des parois, les numéros 12, 14, 16 et 18 aux angles, et le numéro 19 serait porté au plafond. On distribuerait de la même manière les numéros suivants dans les diverses autres pièces de la maison, en ayant soin de suivre toujours le même ordre, de telle sorte que si le point de la première pièce où l'on aurait fixé en idée le numéro 1 regarde le midi, les numéros 11, 21, 31, 41, etc., occupent une position analogue dans les pièces suivantes : précaution essentielle pour éviter les erreurs et retrouver plus facilement les numéros mnémonisés et les faits que l'on veut rappeler à sa mémoire. On comprendra qu'il ne sera pas inutile d'attacher son attention aux *meubles et autres objets* qui occupent les points où l'on aura distribué les numéros, afin d'établir entre ces objets et les faits une autre liaison qui servira à graver plus solidement ces nouveaux rapports dans l'esprit.

---

## NOMENCLATURE DES ROIS DE FRANCE,

*Présentant avec la mnémonisation de la date de leur avènement, celle des numéros d'ordre de leur succession au trône.*

---

### FORMULES EN PROSE.

---

1. La *Hache* à deux tranchants, l'antique francisque, armait les gardes de *Pharamond*, quand il s'asseyait au royal *banquet* 420
2. *Ange* ou déesse des combats, Pallas prit *Clodion* sous sa protection et fut l'inspiratrice de ses *pensées*............ 427
3. Un grand *Art* pour la guerre acquit à *Mérovée* beaucoup de *célébrité*................................ 448

(1) Selon quelques historiens, *Robert Ier*, fils de *Robert-le-fort*, a été tué dans une bataille de la main de *Charles III*.

70. Malheureux, quoique assez *Beau* au moral comme au physique, *Louis XVI* paya bien cruellement à la nature la dette de *l'homme*. ............................ 1774

71. *Grosse* de tempêtes, la France proclame *la République*, et ses rois sont violemment renversés *du trône*.......... 1792

72. En recevant en *Dot* les honneurs du *Consulat*, *Bonaparte* pouvait espérer que son image ornerait un jour nos *trumaux*. 1799

73. Par un *Vote* du sénat, *Napoléon* est proclamé *Empereur*, et la République *échoue*........................... 1804

74. *L'hôte* de l'Angleterre, *Louis XVIII* rentré en France, s'efforce à rassurer *la foule*........................ 1814

75. Voulant gouverner selon l'ancien *Mode*, *Charles X* ne voit pas que sa minerve *l'embrouille*.................. 1824

76. *Noble* représentant de la souveraineté nationale, *Louis-Philippe* féconde le sol où régna *Barberousse*.......... 1830

---

# APPLICATIONS DIVERSES

## DE LA MÉTHODE.

—

### *Mnémonisation des époques de quelques révolutions et autres changements politiques.*

*Guadalète* est le jour fatal aux **Visigoths**,
Où *le Maure* en *Espagne* arbora ses *drapeaux*............ 712

La faiblesse d'*Irène* au monde se découvre
Quand, avec *Nicéphore*, une jeune *ère s'ouvre*............. 803

*La France perd l'Empire*, et son humble attitude
Annonce que *Conrad* est doué *d'aptitude*................. 912

*Rodolphe-de-Habsbourg*, cet heureux allemand,
Fut un grand empereur, brave comme *Roland*............ 1274

Brisant enfin son joug, *la Suisse* va jouir
De l'ère qu'elle envie et que *Tell* vient *ouvrir*.............. 1308

*Constantinople* donne au fier *Mahomet-deux*
Un empire fécond en princes *vicieux*.................... 1453

*Ferdinand*, *Isabelle* unissant leurs coursiers,
Vont sur les pas de Mars moissonner des *lauriers*.......... 1474

Sous l'*Union d'Utrecht* on voit grandir le schisme,
Et la *Hollande* arrive au pur *tolérantisme*................ 1579

D'une triple couronne unissant les fleurons,
Plein d'orgueil *Jacque* (1) A dit : Peuples, nous *ordonnons!*.. 1603

(1) *Jacque* A ou *Jacques Ier*, la voyelle *a* exprimant le chiffre 1 : voir *l'Exposé de la méthode*.

*Bragance* (1), en Portugal refleurit ton beau nom,
Et de ta race encor sort un brillant *chainon*............... 1641

Le *premier Frédéric* fonde en *Prusse* un royaume,
Honteux auprès des rois de n'être qu'un *atome*............ 1701

(2) L'Autriche et la Russie, et la Prusse aussi fausse
De la triste *Pologne* ouvrent déjà la *fosse*................ 1773

*Bunkershill* aux Anglais en creusant des tombeaux,
Des *Etats d'Amérique* a terminé les *maux*................ 1775

—

## *Mnémonisation des époques de la réunion de différentes provinces à la France.*

Quand vers un autre monde *Humbert* (3) prit son essor,
Avec *le Dauphiné* la France eut un *trésor*................ 1349

(4) *Louis-onze* en *Bourgogne* entre d'autorité,
Et lègue cet Etat à sa *postérité*........................ 1477

*Louis-onze*, héritier d'un prince généreux,
Entre en *Provence* armé.... d'un front bien *doucereux*...... 1482

*François* (5) que la *Bretagne* a reconnu propice,
Réunit cet Etat sans user *d'artifice* .......... .......... 1532

La *paix de Westphalie* assurant l'union,
De *l'Alsace* à *Louis* (6) transmet la *cession*............... 1648

De la *Franche-Comté* prenant possession,
*Louis*, par sa conquête, émeut *l'opinion*................. 1674

*Louis-quinze* en *Lorraine* en plantant ses poteaux,
Fait de ce vieux duché fermenter les *cerveaux*............ 1738

(1) La maison de *Bragance* remonte sur le trône de Portugal.
(2) *Autre formule :* L'Autriche et la Russie et la Prusse complotent,
Et *la Pologne* tremble au larcin qu'elles *votent*.
(3) Humbert II, Dauphin de Vienne.
(4) *Autre formule : Charles-le-téméraire* à Nancy détrôné,
Laisse au roi *Louis-onze* un duché bien *prôné*.
(5) François I^er^, le seul *a* qui termine ce nom représentant le chiffre 1.
(6) Louis XIV.

### *Mnémonisation des époques relatives à l'établissement ou à la conquête par d'autres puissances de quelques colonies françaises.*

Sous le roi *Charles-cinq* qui fut un vrai trésor,
La France au *Sénégal* croit trouver des *monts d'or* . . . . . . . 1365

Voulant dresser sa tente au sol des *Canaries* (1),
*Charles-six* voit bientôt, vers ces lieux fortunés,
Par les destins amis ses vaisseaux *entraînés*. . . . . . . . . . . 1402

Du lointain *Canada* rêvant l'invasion,
*Henri-quatre* prescrit cette *expédition* . . . . . . . . . . . . . 1604

*Louis-quatorze* aidé de quelques bataillons,
Peuple *Pondicherry* d'ambitieux *brouillons*. . . . . . . . . . . 1680

La France d'*Haïti* prenant possession,
Verra naître le jour de sa *punition*. . . . . . . . . . . . . . . 1697

*Louis-quinze*, en perdant ses belles *Colonies*,
Perdit de sa marine un des meilleurs pivots,
Laissant à *Lord Chatam* la gloire et les *bons mots*. . . . . . . . 1760

On conçoit *Saint-Domingue* (2) et ses sanglants drapeaux,
Puisque nègres et blancs pour le Ciel sont *jumeaux* . . . . . 1791

—

### *Mort violente de quelques personnages couronnés.*

(3) *Childéric-deux* tombant sous les traits des félons,
A quitté sans retour l'espace où nous *flottons* . . . . . . . . . . 673

Le roi *Louis-premier* qui d'un crime se souille,
Pour obtenir sa grâce à l'autel *s'agenouille* . . . . . . . . . . 818

(1) Les *Iles-Canaries*, connues des anciens sous le nom d'*Iles-Fortunées*.
(2) Insurrection de *Saint-Domingue*.
(3) Autre formule, selon les auteurs qui fixent l'époque de la mort de Childéric II à l'an 674 :

*Childéric-deux* succombe à la sédition,
Pour avoir follement bravé *l'opinion*.

*Charles-deux* meurt, *dit-on*, d'un forfait qu'il redoute;
Mais ne condamnons pas quand l'homme *probe doute*. . . . . 877

*Elisabeth* du monde a retranché *Marie* (1),
(2) Comme d'UN TRONC ILLUSTRE UNE BRANCHE *pourrie!* . . . . 1587

Sur ce *Jacques Clément* que *Sixte-quint* bénit,
La mort de *Henri-trois* dès longtemps a *tout dit* . . . . . . . 1589

L'assassin de *Henri* (3), d'enfer affreux tison,
*Ravaillac* des Ligueurs a terni le *blason* . . . . . . . . . . . 1610

Le roi *Charles-premier* est lancé chez Pluton,
Et *Cromwell* cependant ne vaut pas un *teston* (4). . . . . . . 1649

—

## *Condamnations déplorables et Assassinats.*

(5) D'*Enguerrand-Marigny*, condamné sans pudeur,
L'éternelle équité déplore le *malheur*. . . . . . . . . . . . . 1315

De *Jacques-Cœur* on sait la libéralité,
Et comme en grand seigneur *Charles-sept* l'a *traité*. . . . . . 1449

D'*Ancre* et sa triste épouse, objets d'aversion,
Souffrent sous *Louis-treize* et mort et *passion* . . . . . . . . . 1617

*Vanini* déclaré traître, impie et félon,
Est mutilé, brûlé, broyé sous le *talon*. . . . . . . . . . . . . 1619

Quand pour *Urbain-Grandier* s'allument les brandons,
*Louis-treize* n'est point à l'abri des *lardons*. . . . . . . . . . 1634

*Calas* meurt, accusé par d'indignes apôtres:
Que des hommes, mon dieu, les arrêts sont *donc pauvres!*. . . 1762

(1) *Marie-Stuart*, condamnée à mort injustement.
(2) Imitation satirique d'un vers de Boileau.
(3) *Henri IV*.
(4) *Teston*, ancienne monnaie d'argent.
(5) *Autre formule* : D'*Enguerran-Marigny*, condamné sans pudeur,
L'histoire à *Louis-dix* rapporte le *malheur*.

—

## *Croisades contre les Musulmans.*

*Pierre* (1) aux ardents croisés va prêcher les batailles,
et la ville sacrée est pour eux sans *murailles* . . . . . . . . . 1095

Quand *Sion* cède enfin à son bras formidable,
*Bouillon* par l'infidèle est déclaré *tuable*. . . . . . . . . . . . 1099

L'ardeur de *Louis-sept* tristement trébucha,
Au milieu des travaux que SAINT-BERNARD *prêcha* . . . . . . 1147

*Philippe* (2) EN *Palestine* avec *Richard* (3) vola,
Convaincu qu'en secret l'esprit-saint le *souffla*. . . . . . . . . . 1188

*Philippe-deux*, *Richard*, dont l'enfer se vengea,
Rendirent *Saint-Jean-d'Acre* au Ciel qui les *jugea* . . . . . . 1191

*Philippe-deux* permet qu'une ardeur imprudente,
Verse à *Constantinople* une immense *épouvante*. . . . . . . . 1204

*Aigue-morte* admira *Saint-Louis* languissant,
Portant en *Palestine* un espoir *séduisant*. . . . . . . . . . . . 1248

*Louis* à *Damiette* arrivé chastement,
Voit qu'il s'est engagé bien *témérairement*. . . . . . . . . . . 1249

A *Massoure* enchaîné, *Saint-Louis* toujours grand,
En prodiguant son or est traité de *brigand*. . . . . . . . . . . 1250

*Saint-Louis*, à *Tunis*, au bord du monument,
Sur les enfants d'*Ali* gémissait *bonnement*. . . , . . . . . . . . 1270

—

## *Guerres de religion, Massacres et autres excès nés de l'orgueil, de l'ambition ou de l'intolérance.*

Par le feu dévorés, aux vœux des saints conclaves
Les enfants (4) de *Manès* ne mettront plus *d'entraves* ! . . . . 1022

(1) *Pierre-l'hermite.*
(2) *Philippe II.*
(3) *Richard-cœur-de-lion.*
(4) Les *Manichéens*

L'empereur *Henri-trois*, éclairé, partant sage,
Du pape *Léon-neuf* rend un bon *témoignage* . . . . . . . . . 1049

*Hildebrand* (1) de la terre exigeant l'humble hommage,
Aux yeux de la raison ne parait qu'un *faux sage* . . . . . . . 1073

*Arnaud de-Bresse*, ardent, qu'un faux zèle emporta,
Battit *Eugène-trois* et longtemps *milita*. . . . . . . . . . . . . 1155

Au poignard assassin *Becket* (2) enfin céda,
Désignant *Henri-trois* qu'Albion *brocarda*. . . . . . . . . . 1170

Ces enfants de *Valdo* (3), pauvrets que l'on traqua,
Vainement sur leurs monts *Louis-sept* les *bloqua* . . . . . . . 1170

Dur oppresseur des *Juifs* qu'au loin il déporta,
*Philippe-deux*, plus tard, de leurs crimes *douta* . . . . . . . 1182

*Montfort* (4) sapant d'*Albi* les murailles croulantes,
Se répand sur *Raymond* (5) en phrases *outrageantes*. . . . . 1208

*Innocent-trois* d'*Auguste* (6) égarant la prudence,
Se prélasse à *Latran* (7) avec *magnificence*. . . . . . . . . . 1213

Dans Toulouse vaincu, *Montfort* sans talisman,
Est par les *Albigeois* envoyé chez *satan*. . . . . . . . . . . . 1218

*Ugolin* (8), *Louis-neuf* brûlant un faux encens,
De l'*Inquisition* font naitre l'affreux *temps* . . . . . . . . . . . 1229

Dans la Champagne en pleurs, pour derniers arguments,
La très *Sainte-Hermandade* exerça ses *tourments* . . . . . . . 1239

*Boniface* (9) oubliant qu'il ne doit que régir,
Aigrit *Philippe-quatre* en voulant *asservir*. . . . . . . . . . . . 1301

Des braves *Templiers*, courbés sous le malheur,
Dans les flammes *Philippe* (10) éteignit la *valeur*. . . . . . . 1313

(1) *Grégoire VII.*
(2) *Thomas Becket*, archevêque de Cantorbéry.
(3) *Pierre Valdo*, dont les prosélytes ont pris le nom de *Vaudois*.
(4) *Simon, comte de Montfort*, qui fut mis à la tête de la croisade contre les Albigeois.
(5) Raymond VI, comte de Toulouse.
(6) *Philippe II-Auguste.*
(7) Concile général de *Latran*.
(8) *Grégoire IX.*
(9) *Boniface VIII*, le chiffre 8 s'exprimant par le son *ou*.
(10) *Philippe IV*, la voyelle *e* qui suit exprimant le chiffre 4.

D'*Appels comme d'abus* en créant le ressort,
*Philippe-six* des clercs alluma le *transport*. . . . . . . . . . 1329

Du *Schisme d'occident* qui ne pouvait lui plaire,
On n'a jamais rendu Charles-cinq *solidaire*. . . . . . . . . . 1378

Sous le roi *Charles-six*, du schisme contempteur,
L'Église (1) gallicane est sans *supérieur* . . . . . . . . . . . 1398

Dans les murs de *Constance* un *Concile* sensé
Oppose *Martin-cinq* au schisme enfin *lassé*. . . . . . . . . . 1414

A *Constance*, *Jean-Huss* et *Jérome* (2) éprouvés,
De leurs fautes, hélas! n'ont pas été *lavés*. . . . . . . . . . 1414

*Jeanne d'Arc*, à Rouen, en pompe consumée,
Maudit en expirant l'Angleterre *charmée*. . . . . . . . . . . . 1431

*François* (3) qui ne veut pas qu'on soit controversiste,
S'irrite que *Luther* cesse d'être *papiste* . . . . . . . . . . . 1517

Sous *François*, pour aider la nouvelle hérésie,
Déjà d'être martyre on a la *fantaisie*. . . . . . . . . . . . . 1523

En *protestant* (4) à Spire, une ardeur un peu vive
Des enfants de *Luther* fixa la *tentative* . . . . . . . . . . . . 1529

*Henri-huit*, schismatique, est pape en sa patrie,
Et du fier *Clément-sept* brave *l'artillerie* (5). . . . . . . . . . 1534

*François*, trop bon chrétien, mais de Rome chéri,
Voit un *Auto-da-fé* sans en être *marri* . . . . . . . . . . . . . 1535

*Paul-trois* qu'aide *François*, dont le zèle grandit,
Proclame *Loyola* (6), l'accole et le *bénit* . . . . . . . . . . . 1540

Du médecin *Servet* le supplice maudit
En maints lieux à *Calvin* fit perdre son *crédit*. . . . . . . . . 1541

(1) La France, sous *Charles VI* ne reconnaît plus de pape.

(2) *Jérome de Prague*.

(3) *François Ier*.

(4) La protestation des sectateurs de Luther contre une décision de la diète de Spire, a fait donner aux novateurs le nom de *Protestants*.

(5) Il n'est peut être pas inutile de faire remarquer que le mot *artillerie* est employé ici au figuré.

(6) *Saint-Ignace-de-Loyola*.

D'*Oppède*, de *Guérin* et de leurs satellites
Les malheurs des *Vaudois* (1) rappellent les *mérites*. . . . . . 1545

Trop zélé pour le Ciel, *Henri-deux* sans génie,
Prône en vain les fagots et la *pyrotechnie* . . . . . . . . . . . 1557

*Anne-du-Bourg* pendu, brûlé comme hérétique,
Subit sous *Henri-deux* son arrêt *tyrannique* . . . . . . . . . . 1559

L'insensé *Henri-deux* se plaint qu'on le dénigre,
Quand son *Arrêt d'Ecouen* est si digne d'un *tigre*. . . . . . 1559

*Amboise* (2) trop célèbre, où germe un grand délit,
Rappelle que la cour de plaisir y *bondit* . . . . . . . . . . . 1560

*Charles-neuf* dans *Poissy*, permet par un rescrit,
Un *Colloque* fameux, dont on sort tout *contrit*. . . . . . . . 1561

Bourreau des protestants que le hasard lui livre,
*Guise*, attérant *Vassy* (3), de fureur est *donc ivre* ! . . . . . 1562

—

## *Batailles, Siéges et Combats célèbres.*

Fuyant du roi (4) des *Huns* la fureur détestée,
*Aquilée* aux abois pour *Venise* est *quittée*. . . . . . . . . . . 451

*Aétius* d'*Attile* éclipsant la planète,
Fixe devant *Châlons* l'immortelle *girouette* (5) . . . . . . . . 451

*Clovis* (6), près de *Soissons*, pour Rome qu'il flagelle,
Charge *Siagrius* d'une grande *nouvelle*. . . . . . . . . . . . . 486

Couvrant à *Tolbiac* les *Welches* de huées,
*Clovis-premier* rend grâce au seul dieu des *nuées*. . . . . . . 496

*Alaric-deux* du sort éprouvant les caprices,
Combattit à *Vouillé* sous de tristes *auspices* . . . . . . . . . . 507

(1) Massacre des *Vaudois*.
(2) Conjuration d'*Amboise*.
(3) Massacre de *Vassy*.
(4) *Attila*.
(5) La Fortune.
(6) *Clovis Ier*.

*Pépin* (1), près de *Testri*, venge un récent affront,
Annonçant des vertus que les faits *prouveront* . . . . . . . . 687

Quand des faits d'*Abdérame* il enchaîne l'écho,
Pour célébrer *Martel* (2) laissons *dire Clio* . . . . . . . . . . 732

*Roncevaux* attristé de mille cris résonne,
Quand du brave *Roland* l'heure suprême *sonne*. . . . . . . . 778

*Charlemagne* à la Saxe imposant sa parole,
Du fameux *Witikind* fait une *moucherolle* (3). . . . . . . . . 785

*Charles-deux* et *Louis* de leur pouvoir jaloux,
Trainent à *Fontenay* Lotaire à leurs *genoux* . . . . . . . . . 841

Retranchés dans Paris, *Eude* et *Goslin* et tous
Repoussent les *Normands* qui se ruaient sur *nous*. . . . . . . 886

Quand *Rollon* dans *Rouen* à sa grandeur prélude,
*Charles-trois*, comme roi, montre peu *d'aptitude* . . . . . . . 912

Les *Normands* de la *Pouille* en s'assurant l'hommage,
Enchaînent *Léon-neuf* qui voile son *visage*. . . . . . . . . . . 1053

Dur maitre d'Albion, prix d'un affreux carnage (4),
Le *conquérant Guillaume* est heureux, mais *non sage*. . . . . 1066

(5) *Philippe-deux* qui brave un destin inconstant,
Sait donc que la victoire à Bouvine *l'attend!*. . . . . . . . . . 1214

Fuyant à *Taillebourg*, *Henri-trois*, hautement,
Convint que *Saint-Louis* le battit *dextrement*.. . . . . . . . . 1242

Des *Vêpres de Sicile* on vit publiquement
*Philippe-trois* ému bien *douloureusement* . . . . . . . . . . . 1282

Vaincu par le roi *Pierre* en Arragon sabrant,
*Philippe-trois* s'enfuit et débarqua *mourant*. . . . . . . . . . 1285

A *Courtray*, les Flamands que la rage dévore,
En battant les Français les dépouillent *encore* . . . . . . . . . 1302

(1) *Pépin* d'Héristal.
(2) *Charles Martel*.
(3) Gobe-mouche.
(4) La bataille d'*Hastings*, où *Hérald* qui avait été élu roi par les Anglais, fut tué avec 50,000 hommes de son armée, assura la couronne à *Guillaume Ier*, surnommé *le conquérant*, fils naturel de *Robert Ier*, duc de Normandie.
(5) *Autre formule* : Le roi *Jean*, *Othon-quatre* et le *Comte flamand*
Sous Auguste, à *Bouvine*, ont plié *lâchement*.

*Mons-en-Puelle* a vu flotter sur ses remparts
De *Philippe* (1) exaucé les nobles *étendards*. . . . . . . . . . 1304

Au *combat de l'Ecluse*, *Edouard* (2), à la main sûre,
Laisse à *Philippe-six* une vive *blessure*. . . . . . . . . . . . 1340

(3) En vain *Philippe-six* se plaint du sort contraire,
Selon l'ordre éternel *Crécy* fut *nécessaire*. . . . . . . . . . . 1346

Succombant à *Poitiers*, pour combler ses malheurs,
*Jean* (4) apprit dans les fers l'effort des *niveleurs*. . . . . . 1356

*Les Jacques* mal armés de bâtons et de pierres,
Ne peuvent résister aux nobles *cimeterres*. . . . . . . . . . . 1358

Frémissant qu'à *Rosbec* Charles-six soit vainqueur,
*Philippe d'Artevelle* y cède à sa *douleur*. . . . . . . . . . . 1382

Le vainqueur d'*Azincourt*, ce *Henri* (5) si fameux,
Comble de *Charles-six* les destins *malheureux* . . . . . . . . 1415

La Fortune à *Crévant*, favorable aux Anglais,
Poursuit sous *Charles-sept* les bataillons *français*. . . . . . 1423

*Verneuil* voit par *Bedfort* nos soldats dispersés,
Et du roi *Charles-sept* les projets *renversés*. . . . . . . . . . 1424

Des murs de *Montargis* une armée est chassée,
Et *Dunois* exécute une grande *pensée* . . . . . . . . . . . . 1427

*Jeanne* près d'*Orléans* bat l'Anglais effronté,
Et dans Reims par ses soins *Charles* est *transporté* . . . . . . 1429

Quand *Philippe-le-bon* forme enfin d'autres nœuds,
*Charles* rentre à Paris, armé d'un bras *nerveux*. . . . . . . . 1436

Loin du roi *Charles-sept* a fui l'adversité,
Et sur la *Normandie* il règne sans *traité*. . . . . . . . . . . . 1449

*Charles-sept* ressaisit la *Guyenne* agitée,
Et bientôt chasse au loin l'Anglais qui l'a *quittée* . . . . . . 1451

(1) *Philippe IV*, la voyelle *e* qui commence le mot suivant exprimant le chiffre 4.

(2) *Edouard III*, la terminaison *ard* équivalent au chiffre 3.

(3) *Autre formule : Crécy* nous montre *Edouard*, *Galles*, nouveau César,
Sous de nombreux lauriers s'enivrant de *nectar*.

(4) Jean II.

(5) *Henri V*, la voyelle *i* qui termine ce nom exprimant le chiffre 5.

*Charles-huit*, à *Fornoue* ardent, impétueux,
Prouve aux confédérés qu'il est né *musculeux*.......... 1495

*Gonzalve*, à *Garillan*, en vainqueur établi,
N'empêche point *Bayard* d'y paraître *accompli*.......... 1501

*Cérignole* à sa gloire ajoutant un beau titre,
*Gonzalve* rend de *Naple* un roi d'Espagne *arbitre*....... 1503

La *Ligue de Cambrai*, VENISE en a pâli!
Voudrait voir cet État en un profond *oubli*.......... 1508

Vainqueur, près d'*Agnadel*, de la Venise antique,
*Louis-douze* de *Jule* (1) ENDURE un trait *unique*....... 1509

Brave *de Foix* (2), *Ravenne*, où ta gloire est publique,
Rend son champ plus fameux par ta fin *dramatique*...... 1512

A *Guinegate* en vain *Louis-douze* est habile :
Pressé par *Henri-huit* sa fortune *vacille*............ 1513

A *Guinegate* encor, de sa valeur prodigue,
*Bayard* est prisonnier, vaincu par la *fatigue*......... 1513

*Marignan*, où le Suisse a manqué de tactique,
Fut pour *François-premier* un début *magnifique*....... 1515

*François* cède à *Pavie*, et ce prince averti,
Voit si le *Connétable* (3) avait ou non *menti*.......... 1525

*D'Enghien* à *Cérisolle* a battu *l'ennemi*............ 1544

L'Ibère à *Saint-Quentin* follement temporise,
Puisqu'alors *Henri-deux* au vainqueur laissait *prise*..... 1557

L'Espagnol *Fuentès*, perdu pour ce bas monde,
Tombe au champ de *Rocroi*, qu'au loin *d'Enghien* (4) *féconde*.. 1643

Quand *Mercy* malheureux sauve à peine un canon,
Aux plaines de *Fribourg* CONDÉ croît en *renom*........ 1644

Pour *Mercy* dans *Norlingue* on trace un court sillon,
Et *Condé* sur sa tombe encastre un *médaillon*.......... 1645

*Dunkerque* au *Grand-Condé* cède ses bastions,
Et c'est avec le fer que nous *négocions*.............. 1646

(1) *Jules II.*
(2) *Gaston de Foix*, duc de Nemours.
(3) Le Connétable de Bourbon.
(4) Le Grand-Condé.

*Ferdinand-trois*, à *Lens*, où Mars en fureur gronde,
Voit dans le *Grand-Condé* le héros de *ce monde*.......... .. 1648

La *paix de Westphalie*, en reposant le monde,
Est un présent du Ciel qui toujours le *seconde*............ 1648

Quand avec l'Espagnol *on traite aux Pyrénées*,
Et qu'enfin du carnage on chasse le démon,
Mazarin de l'Etat tient toujours le *timon*.................. 1659

Sous *Turenne* et *Louis* qu'aucun effort ne dompte,
De *la Flandre* aux abois la conquête fut *prompte*........... 1667

De la *Franche-Comté* que guide le mensonge (1),
La rapide conquête apparait comme un *songe*............. 1668

Des victimes de Mars en consolant les ombres,
La *Paix d'Aix-la-Chapelle* ouvre des jours moins *sombres*.... 1668

Quand il vit les *Lorrains* apprêter leurs canons,
*Louis* de leurs remparts détruisit les *beaux ponts*.......... 1670

*Louis* assez vengé par une invasion,
Au *Batave* rendit la *domination*......................... 1672

De la *Franche-Comté* prenant possession,
*Louis* par sa conquête émeut *l'opinion*................... 1674

Les flammes dont *Turenne* apporte le tison,
Du vieux *Palatinat* (2) éclairent *l'horizon*................ 1674

A *Senef*, où pourtant *Orange* (3) est un lion,
*Condé*, pour vaincre encor, saisit *l'occasion*............... 1674

*La Sicile* à l'*Ibère* en préparant des tombes,
Autorise *Duquesne* à lui lancer *nos bombes*............... 1676

*Nimègue* voit *Louis* (4) affrontant l'aquilon,
A tous donner des lois comme un nouveau *Solon*.......... 1678

(1) Le gouvernement de Louis XIV a été accusé, pour s'assurer cette conquête, d'avoir gagné une partie des chefs militaires, des magistrats et des principaux citoyens.

(2) *Dévastation du Palatinat.*

(3) Le prince d'Orange, Stathouder de Hollande.

(4) Louis XIV avait quitté Paris dès le mois de février.

*Strasbourg* (1) va pour toujours, au son de nos clairons,
Partager les hasards qu'avec Mars nous *courons*............ 1681

Dans *Augsbourg*, de la guerre évoquant les démons,
Contre *Louis* LA LIGUE exerce ses *poumons*................ 1687

Quand au *Palatinat* pleuvent d'autres brandons,
C'est Louvois qu'*a la guerre* encore nous *trouvons*.......... 1689

Quand *Waldeck* cède enfin au sort que nous bravons,
Pour célébrer *Fleurus*, à LUXEMBOURG (2) *buvons!*.......... 1690

*Catinat*, à *Stafarde*, émeut d'illustres noms,
Et, de gloire nourris, toujours nous *butinons*............ 1690

Si *Guillaume* (3) à *Steinkerque*, a recueilli l'affront,
Du fameux *Luxembourg* les lauriers *dureront*.............. 1692

*Luxembourg*, à *Nerwinde*, actif, froid et profond,
Bat glorieusement GUILLAUME *furibond*.................... 1693

Le *Traité de Riswick* ramenant l'union,
De *Charles-quatre* (4) enfin rompt la *punition*............. 1697

Le testament de *Charle* (5) ENCOURAGE Atropos,
Et pour *Philippe-cinq* on triple les *impôts*................ 1700

(6) A *Tallard* et *Marsin*, près d'*Hochsteld* sans boussole,
*Eugène* et *Marlborough* ont fait faire une *école*............ 1704

*Albion* s'élançant de l'un à l'autre pôle,
Un pied sur *Gibraltar*, sans cesse affronte *Eole*.......... 1704

*Eugène* à *Cassano* vivement se désole,
Tandis que de *Vendôme* on fait presque une *idole*......... 1705

*Churchill* (7) à *Ramillie* en fier vainqueur se pose,
Et sur *de Villeroi* malignement *on glose*................. 1706

Le vainqueur d'*Almanza*, guerrier digne de Rome,
*Berwick* sut conquérir le titre de grand *homme*........... 1707

(1) Capitulation de Strasbourg.
(2) Le maréchal de Luxembourg.
(3) Guillaume III.
(4) Charles IV, duc de Lorraine.
(5) Charles II, roi d'Espagne.
(6) *Autre formule :* La déroute d'*Hochtedt* à Paris fait *écho*.
(7) *Churchill*, duc et comte de *Marlborough*.

La Fortune incertaine entre tant de héros,
Couronne à *Malplaquet* les vœux des *Huguenots*........... 1709

Grand à *Gertruydenberg*, *Louis* brise son sceau,
Et bientôt jusqu'au port fait voguer son *bateau*............. 1710

*Philippe* avec *Vendôme* éveillant les échos,
*Villaviciosa* leur vaut de longs *bravos*..................... 1710

*Noailles* de *Gironne* enlève le *château*.................... 1711

Vaillant *Duguay-Trouin*, armant tes bons vaisseaux,
On sait si dans *Rio* (1) tu fis de vains *châteaux*............ 1711

*Villars* aux yeux d'*Eugène* attachant un bandeau,
Des français à *Denain* relève le *drapeau*.................... 1712

Puissante au jour d'*Utrecht* (2), où chacun a son lot,
La France avait enfin rallumé son *falot*...................... 1713

L'*Empire* laisse aussi respirer ses héros,
Et partout l'olivier étale ses *rameaux*........................ 1714

—

## *Batailles, Combats, Traités de paix et autres faits importants, pendant la Révolution et sous l'Empire.*

Si parfois le Ciel frappe un héros qu'il éprouve,
Celui de *Marengo* n'offre rien qu'il *improuve*.............. 1800

Bellone en ses projets à *Lunéville* échoue,
Et l'on signe une paix que la raison *avoue*.................. 1801

La France sur le *Cap* entend gronder la foudre,
Et *les noirs* en fureur mettent la ville *en poudre*............. 1802

Dans les murs d'*Amiens* (3) on quitte l'air farouche,
Et ce n'est plus enfin le clairon qu'on *embouche*............ 1802

A l'*Empereur* qu'il fait le sénat se dévoue,
Et devant le héros LA RÉPUBLIQUE *échoue*.................... 1804

(1) Rio-Janeiro (Brésil).
(2) Paix d'Utrecht.
(3) Paix d'Amiens.

*Sur le Rhin* de nouveau Bellone se courrouce :
Rêvant la guerre encor l'absolutisme *y pousse*.............. 1805

*Vienne* valait au moins l'effort d'une escarmouche :
*Napoléon* s'avance, et bientôt il *y touche*................. 1805

*Austerlitz* est un nom que la patrie approuve,
Et c'est la gloire encor que l'Empereur *y trouve*........... 1805

Aux plaines d'*Iéna* quand sa prudence échoue,
La Prusse a des regrets qu'au moins sa *honte avoue*.......... 1806

Sur les pas de *Davoust*, dont Mars guide la route,
On rêve un doux repos que dans BERLIN *on goûte*.......... 1806

Lors du fameux *Système* on double la patrouille,
Et partout, dans nos ports, avec ardeur *on fouille*.......... 1806

Le Russe, au champ d'*Eylau*, bravant le sort jaloux,
Des Français triomphants en vain résiste *aux coups*.......... 1807

Sachant que sur ses pas la victoire est partout,
Aux plaines de *Friedland* le grand homme *ose tout*.......... 1807

Mars devient à *Tilsit* et languissant et mou,
Et tous, avec transport, de se sauter *au cou!*.............. 1807

Sur l'ordre de *Junot*, soudain *Lisbonne* s'ouvre,
Et d'un si beau succès l'on s'applaudit *au Louvre*........... 1807

Quand on sait que déjà *Barcelonne* est à nous,
Pour symbole, aussitôt l'Espagne prend le *houx*............ 1808

*Charles* (1) et *Ferdinand* que le mystère couvre,
Se rendent à l'avis que Napoléon *ouvre*.................. 1808

*Napoléon* gémit que tout le désavoue,
Quand il porte à *Madrid* et la bêche et la *houe*............ 1808

*Charles* (2) devant *Eckmuhl* se promettait beaucoup;
Mais qui jamais du sort a su parer *un coup!*............... 1809

Les Français de l'Autriche achevant la déroute,
Bientôt vers *Vienne* encor se tracent *une route*............. 1809

Du pape dépouillé la Fortune se joue,
Et l'héritier de *Pierre* offre encore *une joue*.............. 1809

(1) Charles IV et Ferdinand VII, à Bayonne.
(2) Le prince Charles.

Caron, après *Esling*, répare sa chaloupe,
Et pour honorer *Lanne* on emplit *une coupe*.............. 1809

De l'Autriche *Wagram* contemplant la déroute,
Pour un salut douteux voit à peine *une route*.............. 1809

L'Autriche succombant sous les maux qu'elle souffre,
*Schœnbrunn* (1) déclare enfin que la guerre est *un gouffre*... 1809

*Suchet*, devant *Sagonte*, épris d'un beau courroux,
Sous ses nouveaux lauriers fait taire les *jaloux*............ 1811

*Aux Aropiles*, quoi, nous manquâmes de poudre!
Malencontreux oubli qu'on a peine *d'absoudre*.......... 1812

---

## *Institutions politiques et Changements.*

*Charles-deux* à *Mersen* fléchissant le genou,
Aux détenteurs de fiefs ouvre au moins un *Pérou*...... 847

*Hugues-Capet* sans doute appliquant des calculs,
Des nobles *pairs* qu'il fait les droits ne sont pas *nuls?*.... 996

L'*Italie* opprimée aux *Communes* songea,
Et de la liberté l'arbre les *ombragea*............ 1106

Si l'octroi d'une *Charte* à *Laon* a fait éclat,
L'inauguration n'eut pas moins *d'apparat*.......... 1112

*Philippe-trois* d'un titre en offrant le présent,
Honore dans *Raoul* un simple *commerçant*.......... 1271

De Boniface-huit *Philippe* (2) éludant l'ire,
Veut que le *Tiers-état* soutienne son *empire*.......... 1302

D'une réforme, oh! oui, *Philippe-quatre* a peur,
Puisque du *Parlement* (3) c'est l'unique *électeur*!...... 1304

De ses *serfs* attristés comprenant les douleurs,
*Louis-dix*, pour de l'or, les déclare *majeurs*......... 1315

(1) Traité de paix de *Schœnbrunn*.
(2) Philippe IV.
(3) Le roi en nommait les membres à chaque session.

*Charles-cinq* à Paris voulant gagner les cœurs,
*Anoblit ses bourgeois* en dépit des *gloseurs*. . . . . . . . . . . 1371

*Henri-trois*, si sévère aux vœux des anoblis,
Assimile les fiefs aux plus minces *taudis* . . . . . . . . . . . . . 1579

*La Corvée* enfin tombe : aussitôt on complote,
Et d'un si juste édit à peine il reste *note*. . . . . . . . . . . . 1776

Quand de la *Question* il brise les marteaux,
*Louis-seize* du moins ne fait tort qu'aux *bourreaux*. . . . . . . . . . 1780

Pour être capitaine (1) il faut avoir château,
Et ce n'est pas pour tous qu'en France *coule l'eau !*. . . . . . . . . 1781

Les *Coups de plat de sabre* (2) attristant nos drapeaux,
On n'assimile plus nos soldats aux *troupeaux* . . . . . . . . . . . . . . 1789

*La Féodalité* tremblant sur ses pivots,
Disparaît pour jamais au souffle des *brulots*. . . . . . . . . . . . . . . 1790

—

## *Établissements religieux.*

De *Marmoutiers*, jadis longtemps en grand honneur,
L'évêque *Saint-Martin* sut faire aimer *l'odeur*. . . . . . . . . . . . . 374

*Guillaume* (3), dans *Cluni*, s'armant d'une férule,
Au pouvoir temporel fit faire la *bascule*. . . . . . . . . . . . . . . . . . . 910

A la règle *Clairveaux* sans grand effort plia,
Dès qu'au *far niente* BERNARD (4) la *maria*. . . . . . . . . . . . . . . . 1115

Auprès des *Prémontrés* que *Saint-Norbert* sacra,
Selon les connaisseurs, tout ordre *blanchira*. . . . . . . . . . . . . . . 1120

(1) Tout officier qui ne pouvait justifier d'une noblesse de quatre générations au moins, était déclaré inhabile à être promu au grade de capitaine.

(2) Suppression des coups de plat de sabre infligés aux soldats.

(3) *Guillaume*, comte d'Auvergne et duc d'Aquitaine.

(4) Saint-Bernard.

Ces braves *Templiers* qu'un concile encloîtra,
Par un affreux supplice un roi les *censura*.................. 1128

*Robert*, que recommande un zèle édifiant,
Consacre *la Sorbonne* au Dieu *vivifiant*.................... 1253

—

## *Établissements divers.*

*Charles-sept*, mécontent de l'*Université*,
Lui fait, non sans effort, jurer *fidélité*...................... 1453

Quand naît l'*Académie*, aussitôt les lardons
Pleuvent sur ses élus qu'on traite en *mirmidons*.............. 1635

L'*Institut* qu'il créa pour les *Inscriptions*,
Inspire au roi *Louis* (1) d'autres *fondations*................. 1663

Les *sciences* en corps grandissant en renom,
Enfin d'*Académie* ont pris le docte *nom*...................... 1666

*Louis* des vieux soldats serrant la légion,
Consacre un vaste *hôtel* (2) à leur *communion*............... 1671

*Maintenon* de l'exemple appuyant ses leçons,
Pour le monde, à *Saint-Cyr*, forme des nourrissons......... 1686

L'*Ecole militaire*, au formidable écho,
En repoussant le peuple a révolté *Clio*...................... 1751

*La Minéralogie* encor presque au berceau,
Obtient son cabinet et sa chaire et son *sceau*............... 1778

*Les Justices-de-paix* arborant leurs faisceaux,
Reçoivent en naissant l'humble nom de *bureaux*............. 1790

(3) On veut de la science éteindre le flambeau,
Et que l'homme revienne à l'innocent *fuseau*................. 1793

La patrie en danger craint un imbroglio,
Et *la Conscription* se lève *subitò*.......................... 1798

(1) Louis XIV.
(2) Les *Invalides*.
(3) Suppression des *Académies* et des *Sociétés savantes*.

(1) Quand de nos mauvais jours se referme le gouffre,
On retourne à l'Ecole enfin, sans qu'on *en souffre*.......... 1802

---

## *De quelques Lois et Usages.*

Succédant au *latin* qui rentre dans la poudre,
*Le Roman* (2) ne vint pas aussi prompt que *la foudre*........ 814

D'un *nom patronymique* on dote chaque race,
Et l'on distingue enfin les Paul, les *Boniface*.............. 1070

Par sa *loi somptuaire* admise prudemment,
Le luxe sous *Philippe* (3) EST tancé *rudement*.............. 1294

*Philippe* (4) extirpe enfin un duel qu'on déplore,
Quand c'est le sort qui rend un arrêt qu'il *ignore!*.......... 1303

De *la Gabelle*, en France, en commençant l'histoire,
*Philippe-six* ternit à jamais sa *mémoire*.................. 1345

Proscrivant du *français* l'usage en Angleterre,
*Edouard* (5) dit qu'au bon sens il lui semble *contraire*....... 1361

D'un usage restreint, *le latin* qui décline,
Eut un règne brillant, qu'enfin *François* (6) *termine*........ 1539

---

## *Pestes, Famines, etc.*

Des Français, des Germains quand *la Peste* se joue,
Pour peindre ses fureurs, viens, Cygne de *Mantoue!*........ 823

Au temps de *Robert-deux* on fait d'horribles chasses,
Et *la Famine* accourt déterrer des *carcasses*............... 1031

(1) Création des *Ecoles primaires, secondaires, lycées*, etc.
(2) La langue *Romance* ou *Rustique*.
(3) Philippe IV.
(4) Le même. il s'agit des duels en matière civile.
(5) Edouard III.
(6) François I^er^.

Des FLAGÉLLANTS *la Peste* amenant les fureurs,
*Philippe-six* poursuit ces sombres *sectateurs*. . . . . . . . . . . . . . . 1348

*La Peste* met en deuil tout *Paris* alarmé,
Se riant d'Esculape au souffle *parfumé*. . . . . . . . . . . . . . . . . . . 1437

Pour combler de la mort les vides malheureux,
*Paris* offre un asile à des brigands *nombreux*. . . . . . . . . . 1466

*De Halley la Comète*, avec ses cheveux blonds,
Inspire à nos aïeux maints pronostics *bouffons* . . . . . . . . . 1680

*Le Grand-Hiver*, du moins selon certains dévots,
Est un de ces malheurs qu'on doit aux *Huguenots*. . . . . . . 1709

Dans MARSEILLE, *la Peste*, en brisant les boussoles,
Orne toutes les tours de noires *banderolles*. . . . . . . . . . . . 1720

A LISBONNE, *la terre*, avec les philantropes,
Pèle-mêle engloutit les sombres *misanthropes*.. . . . . . . . . . 1755

—

## *Découvertes, Inventions et Progrès.*

*Le verre* enfin trouvé, conquête d'un instant,
Offre à l'homme ravi son usage *important*. . . . . . . . . . . . 200

*Barthold Schwartz*, pour punir un perfide assaillant,
Seconde avec *la poudre* un courage *bouillant*. . . . . . . . . . 1280

Due à ROGER BACON, *la poudre fulminante*
Disperse avec fracas sa substance *brûlante* . . . . . . . . . . 1290

Pour dissiper, la nuit, les ombres qu'elle enfante,
*La chandelle* longtemps a paru *suffisante*. . . . . . . . . . . . 1298

De l'utile *boussole* en dotant les navires,
*Flavio Gioja* va changer les *empires* . . . . . . . . . . . . . . 1302

*Guttemberg*, à Mayence, en son génie heureux,
Trouve l'art (1) d'éclairer les esprits *nébuleux*. . . . . . . . . 1446

*Cap de Bonne-Espérance*, où la mer étincelle,
Ta découverte fut une grande *nouvelle!*. . . . . . . . . . . . . 1486

(1) L'Imprimerie.

*Colomb* léguant un monde à l'Europe enivrée,
Assure de son nom l'éternelle *durée*. . . . . . . . . . . . . . . . 1492

L'Ibère avait à peine abordé le Mexique,
Que *Cortès* y déploie un spectacle *tragique!* . . . . . . . . . . 1519

L'*an* s'ouvrait avec Pâque en vertu d'un vieux rit,
Usage singulier que CHARLES-NEUF *rompit* . . . . . . . . . . 1564

Par le *Calendrier* savamment rétabli,
Ton nom *Grégoire-treize* est préservé *d'oubli*. . . . . . . . . . 1582

*Jansen* au *Télescope* en donnant l'origine,
Veut jusque dans les cieux qu'enfin l'homme *butine* . . . . . 1590

Le puissant *Microscope* éclipsant le lorgnon,
Dévoile aux yeux surpris l'algue et le *champignon* . . . . . . 1621

*Le Journal des savants* vient éclairer le *monde* . . . . . . 1665

*Newton* par son *Optique* est célèbre en *Europe* . . . . . . 1704

L'*Inoculation* à Londre un jour se pose,
Brillant à son début d'un éclat *grandiose*. . . . . . . . . . . 1721

Au *Thermomètre à vin Réaumur* met son sceau,
Quand la physique à peine a quitté le *berceau* . . . . . . . . 1730

Si *Renaudot* sortait de l'éternel repos,
Il verrait sa *Gazette* auprès de nos *journaux*. . . . . . . . . 1731

*Linné*, sur la *nature* (1) en portant son flambeau,
Ajoute à la science un excellent *morceau* . . . . . . . . . . . 1735

Quand *Buffon* du *Jardin* soignait les arbrisseaux,
Il entendait parfois gémir les *tourtereaux* . . . . . . . . . . 1739

(2) De nos peintres *au Louvre* on admet les tableaux,
Les chefs-d'œuvre de l'art, les croûtes des *bedeaux* . . . . . 1740

L'altier *paratonnerre* est un dieu qu'on invoque,
Craignant que de *Marly l'œuvre* ne se *disloque* . . . . . . . 1752

Pour la *physique* enfin quand on ouvre une école,
*Nollet* change en Caton un auditeur *frivole*. . . . . . . . . . 1753

(1) Il s'agit de son traité intitulé : Systema naturæ, etc.
(2) *Autre formule :* Lorsque de nos tableaux *le Louvre* se blasonne,
Dans le temple avec eux se glisse encor *Bellone*.

D'une *Carte de France* assemblant les anneaux,
*Cassini* se prépare à prendre des *niveaux* . . . . . . . . . . 1756

De Neptune en courroux sans affronter le choc,
Qu'assis au coin du feu chacun lise *son Cook* . . . . . . . . 1768

Quand de *la Variole* il trouva l'antidote,
*Jenner* (1), pour récompense, eut une bonne *note* . . . . . . 1776

En lisant de *Buffon* les célèbres *Epoques* (2),
On fait, sans y penser, de fréquents *soliloques*. . . . . . . . 1778

Quand aux cieux pour *Herschel* brille un astre nouveau,
Cet illustre savant n'est plus un *jouvenceau* . . . . . . . . . 1781

Si l'heureux *Montgolfier* n'eut pas l'honneur d'une ode,
Pressée autour de lui du moins la *foule rode*. . . . . . . . . 1783

*Aux Antilles* enfin *la Canne* a fait le saut,
Et le trafic du sucre éprouve un *soubresaut*. . . . . . . . . . 1788

---

## *Époques de la mort de quelques personnages célèbres.*

En donnant *son système* à ce monde fragile,
*Copernic* le quitta dans un accès *fébrile*. . . . . . . . . . . . 1543

*Descartes* dit au monde un adieu folichon,
Et *Christine* (3) le pleure autant que son *bichon* . . . . . . . . 1650

Colbert, jusqu'à sa mort, ennemi des frelons,
Fut juste en faisant dire à son roi : nous *voulons!* . . . . . . 1683

*Pierre Corneille* au monde en léguant ses leçons,
Mourut si délaissé que nous en *rougissons*.. . . . . . . . . . 1684

*Condé*, sous ses lauriers, voit la mort sans frisson,
Ce favori de Mars, son digne *nourrisson*. . . . . . . . . . . . 1686

(1) Ce ne fut qu'en 1798 que Jenner publia son ouvrage sur les causes et les effets de la variole-vaccine, et l'on sait que ce bienfaiteur de l'humanité rencontra de grandes difficultés pour faire admettre son nouveau genre d'inoculation.

(2) *Les Epoques de la Nature.*

(3) *Christine*, reine de Suède.

Avec Tibulle, Ovide, Horace, Anacréon,
*La Fontaine* prend place au divin *muséon* . . . . . . . . . . . 1695

*Maintenon* aux grandeurs préférant le repos,
Est arrivée au terme où tendent nos *travaux*. . . . . . . . . . 1719

Quittant assez gaiment le monde des atomes,
*D'Orléans* et *Dubois* sont changés en *fantômes* . . . . . . . . 1723

Humble sous ses vertus, que célébra Clio,
*Rollin*, au jour fatal, répète son *credo* . . . . . . . . . . . . . 1741

De d'*Aguesseau* la mort savait le numéro :
La traitresse jamais ne fait de *quiproquo* . . . . . . . . . . . . 1751

Ne pouvant adoucir l'inflexible Atropos,
L'illustre *Montesquieu* paraît devant *Minos* . . . . . . . . . . . 1755

*Fontenelle* enfin las des jeux des pastoureaux,
Au suprême moment dépose ses *pipeaux*. . . . . . . . . . . . . 1757

Quand sur sa tête on vit planer le triste oiseau,
La belle *Pompadour* relisait un *rondeau* . . . . . . . . . . . . 1764

*Gresset*, qui du *méchant* nous laissa le tableau,
Ne passera jamais pour un *poétereau* . . . . . . . . . . . . . . . 1777

Près de *Hume* interdit la pâle mort se pose,
L'œil fixe !... et sans égard pour ses vers et sa *prose* . . . . . 1777

*Voltaire* avec *Rousseau*, *Linné* que l'on renomme,
Sont plongés à la fois dans un éternel *somme*. . . . . . . . . . 1778

Veuve de *d'Alembert* en voyant son alcove,
Apprenez de la mort que nul bras ne *vous sauve*. . . . . . . . 1783

*Diderot* chez Pluton va rejoindre *Rousseau*. . . . . . . . . 1784

*Buffon* voit des enfers les sombres *soupiraux* . . . . . . . . 1788

S'éloignant à jamais de son jeune troupeau,
L'illustre *abbé l'Epée* est parti sans *trousseau*. . . . . . . . . 1789

Quand *Mirabeau* nous quitte, on s'étonne, on *chuchote*. . . 1791

—

## *De quelques Faits relatifs à la littérature.*

Pour voir *le Misanthrope* on accourt en grand *nombre* . . . 1666

Quand paraît *le Tartufe*, ardents comme une bombe,
Les faux dévots font tout pour que la pièce *tombe*. . . . . . . 1669

Au spectacle *d'Œdipe*, où *Voltaire* rayonne,
A l'admiration le public *s'abandonne* . . . . . . . . . . . . . 1718

Le public, *Massillon*, qu'émeut tes doux tableaux,
Dans ton *Petit-Carême* admire tes *travaux*. . . . . . . . . . . 1719

Ces *Persanes* (1) qu'on voit briller de traits si beaux,
*Montesquieu* les compose errant dans les *champeaux*. . . . . 1721

Pour notre *Henriade*, où domine le beau,
Apollon à *Voltaire* a prêté son *flambeau*. . . . . . . . . . . 1725

*Le Devin du village* est de la bonne école,
Toujours naïf et gai, jamais lourd ni *frivole*. . . . . . . . . . . 1753

(1) Les *Lettres persanes*.

# MNÉMONISATION

## DE QUELQUES FAITS DE L'HISTOIRE ANCIENNE

### DES DIFFÉRENTS PEUPLES.

---

### *Phénicie.*

Av. J.-C.

*Tyr* de la Phénicie a signalé l'époque,
Cette cité qu'un jour a changée EN *bicoque*. . . . . . . . . . 2750

*Les Tyriens* (1) vaincus, fuyant le despotisme,
Quittent leur ville où règne un éternel *mutisme* . . . . . . . 595

*Alexandre-le-Grand* est l'instrument du sort,
Et *la nouvelle Tyr*, hélas ! à jamais *dort* . . . . . . . . . . 532

### *Royaumes d'Assyrie, de Ninive, de Babylone et des Mèdes.*

Nemrod à *Babylone* abritant les moissons,
Fonde cette cité que nous EM*bellissons* (2) . . . . . . . . . . . 2640

L'*Assyrie* et *Ninive*, aujourd'hui démolis,
Sont fondés par *Assur*, par ses fils EM*bellis*. . . . . . . . . . . 2540

Languissant dans *Ninive* en un loisir trop mou,
*Sardanapale* meurt comme un triste *hibou*. . . . . . . . . . 805

*Sarac* reçoit la mort, *Ninive* est démolie,
Le royaume finit, et bientôt on *l'oublie*. . . . . . . . . . . . 584

Pendant que *Baltazar* dort et se tranquillise,
*Cyrus* dans *Babylone* entre un jour par *surprise*. . . . . . . 538

*Cyrus* bat *Astiage*, et *la Médie* antique
Se dissout comme en proie à quelque *narcotique*. . . . . . . 536

(1) Après la destruction de *Tyr* par *Nabuchodonosor*, roi de *Babylone*.

(2) Il n'est guère douteux que l'imagination des auteurs n'ait beaucoup ajouté à la réalité, en parlant des merveilles de cette cité célèbre ; et sur leur témoignage, nous nous la représentons probablement beaucoup plus belle qu'elle n'était en effet.

## *Egypte, sous les Pharaons.*

*Menès* fonde en *Egypte* un empire fameux,
Et lègue aux *Pharaons* ses vœux AMBITIEUX . . . . . . . . . . 2450

*Psamménit* par *Cambyse* est de fait, et *Memphis*
Voit renverser ses dieux, ses murs et ses *lambris*. . . . . . . 524

Méprisant *Nectanèbe*, *Ochus*, plein de fureur,
Soumet toute l'Egypte à son joug *destructeur*. . . . . . . . . 342

*Alexandre* en Egypte accourt, entre en vainqueur,
Et fonde *Alexandrie*, admirable *d'ardeur* . . . . . . . . . . . 332

## *Perse.*

(1) On ne sait si *Cambyse*, en ce siècle héroïque,
Donne à son fils *Cyrus* la royale *tunique* . . . . . . . . . . . 599

*Darius* mort, la Perse abdique ses splendeurs,
Déplorant qu'*Alexandre* à peine ait des *censeurs*. . . . . . . 328

## *Carthage.*

Fuyant *Tyr*, sa patrie, où sa fortune croule,
DIDON *fonde Carthage* où se presse la *foule*. . . . . . . . . . 883

*Carthage* de ses rois détruisant les châteaux,
*Fonde la République* et les *municipaux* (2) . . . . . . . . . . 795

Sous *Scipion* jaloux si *Carthage* expira,
Déplorant son destin le monde la *pleura* . . . . . . . . . . . 147

## *Sicile.*

D'obscurs *Phéniciens*, colons en Ibérie,
Débarquent en *Sicile* avec leur *industrie* . . . , . . . . . . . 1500

(1) Autre formule pour ceux qui font remonter la naissance de Cyrus à l'an 600 :
Fameux par ses exploits, l'effroi des nations,
Cyrus montre en naissant ses *inclinations*.

(2) Anciennement, citoyens des villes qui se gouvernaient par leurs propres lois.

Les *Sicules* froissés, abandonnant leurs champs,
En *Sicile* établis, deviennent *tout-puissants* . . . . . . . . . . 1289

*Archias* en *Sicile* élève des hameaux,
Et bientôt d'autres Grecs viennent à ses *signaux* . . . . . . . . 758

La *Sicile* de *Rome* accroissant la puissance,
En perdant *Agrigente* a perdu sa *jactance* . . . . . . . . . . . 211

## GRÈCE.

### *Sycionie.*

*Sycione* fondée aussitôt prospéra,
Et l'on croit qu'*Egiale* alors s'en EMPARA. . . . . . . . . . . . 2117

*Héraclides*, venez! *Sicyone*, pour roi,
D'Apollon est lassée : ARCHÉLAÜS (1), *pends-toi!* . . . . . . . 1127

## ARGOS.

### *Mycènes, Argos et Sparte.*

*Inachus* parle en roi dès qu'*Argos* est debout;
Mais empires, cités, rois, le temps *lime tout*. . . . . . . . . 1854

D'*Acrisius* PERSÉE est l'heureux légataire,
Et dans *Mycène* (2) il fonde un abri *nécessaire* . . . . . . . . 1346

*Mycènes*, *Sparte*, *Argos*, peuples qu'il régira,
Craignez en *Tisamène* un roi qui *dormira* . . . . . . . . . . 1152

(3) Vainqueurs de *Tisamène*, *Héraclides* sans foi,
Dites au roi déchu : PÉLOPIDE, *pends-toi!*. . . . . . . . . . 1127

(4) *Argos* recouvre enfin ses droits trop méconnus,
Et le char de *Meltas* brisé ne *roule plus*. . . . . . . . . . . 984

### *Corinthe.*

*Corinthe* à *Corinthos* doit son naissant *empire*. . . . . . . 1502

(5) *Corinthe* a succombé devant *Leucopétra*,
En proie à des douleurs que rien *n'effacera* . . . . . . . . . 146

(1) *Archélaüs*, chef d'une dynastie de prêtres d'Apollon qui usurpèrent le trône.
(2) Fondation de *Mycènes*.
(3) *Autre formule* : Cresphonte, Aristodème et Témène sans foi,
Dites au roi déchu : Pélopide, *pends-toi*.
(4) Etablissement de la République
(5) Après la bataille de *Leucopétra* la Grèce fut réduite en province romaine.

### *Achaïe.*



### *Laconie.*



### *Arcadie.*



### *Messénie.*



### *Attique.*



(1) Médon était fils de *Codrus*.

*L'Archontat décennal* qui voulait des *égaux*,
Aux bons Athéniens n'offrait que des *rivaux* . . . . . . . . . . 754

*L'Archontat annuel*, d'abord de fort bon ton,
Décline, et toutefois se montre encor *glouton*. . . . . . . . . . 681

*Cylon* s'abandonnant aux conjurations,
Porte *Athène* à changer ses *institutions*.. . . . . . . . . . . 600

(1) *Solon* aux vieux abus opposant une *égide*,
A ses concitoyens donne un code *lucide* . . . . . . . . . . . 594

Par l'adroit ***Pisistrate Athènes*** fut séduite;
Tyran dont la sagesse excuse la *conduite* . . . . . . . . . . . 561

D'***Hypparque*** et d'***Hyppias*** le règne assez paisible,
Annonce qu'aux beaux arts *Athène* était *sensible* . . . . . . . 528

D'***Hyppias*** en fureur tombe la tyrannie,
Et sa race à jamais d'*Athènes* est *bannie* . . . . . . . . . . . 510

Les citoyens trop grands par *Athènes* punis,
Soumis à l'*Ostracisme* à l'instant sont *bannis*. . . . . . . . . 510

*Périclès*, dans *Athène*, avec l'urbanité
Ramène les beaux-arts et la *félicité* . . . . . . . . . . . . . . 445

(2) *Le Péloponèse* arme, et l'homicide acier
Va transformer la Grèce en un vaste *charnier*. . . . . . . . . . 431

*Athènes* que la *Peste* et la peur ont glacée,
D'un secours surhumain s'est vainement *bercée*. . . . . . . . . 430

Les bons Athéniens par *Pisandre* enchaînés,
Doivent aux *quatre cents* tous les maux des *damnés*. . . . . . 412

Quand sous l'effort de *Sparte Athène* est écrasée,
Par les fureurs de Mars la Grèce est *épuisée*. . . . . . . . . . 404

*Athène* accomplissant ses destins malheureux,
Des *Trente* a vu surgir le pouvoir *orgueilleux* . . . . . . . . . 403

De LA MORT DE SOCRATE *Athène* ivre ou gagnée,
A donné le spectacle à la Grèce *indignée*. . . . . . . . . . . . 400

D'*Athènes* et de *Thèbe* éternisant l'effort,
*Chéronée* a des Grecs comblé le triste *sort*. . . . . . . . . . , 338

*Corinthe* à *Diogène* entraîné dans l'averne,
Elève un mausolée où brille sa *lanterne* . . . . , . . . . . . 324

(1) *Autre formule* : Quand d'un beau monument *Solon* dote l'Attique,
Le monde ancien convient que son Code est *l'unique*.

(2) Commencement de la guerre du *Péloponèse*.

Par un poison ami quand *Démosthène* expire,
Sur les Athéniens sa voix n'a plus *d'empire* . . . . . . . . . 322

La mort de *Phocion* que frappe leur délire
Est des Athéniens l'éternelle *satire*. . . . . . . . . . . . . . 318

## *Elide.*

*Oxilos* en *Elide* établi sans éclat,
N'eut sous ses douces lois nul cœur qu'il *n'entraînât*. . . . . 1126

*Iphitus* mort, bientôt *république* farouche,
L'*Elide* a peur des rois à l'allure un peu *louche*. . . . . . . 884

## *Béotie.*

Puissant en *Béotie*, et régnant sans contrôle,
*Ogygès* bâtit *Thèbe* où s'achève son *rôle*. . . . . . . . . . . 1774

*Ogygès* du *Déluge* a vu l'affreux tableau,
Quand *Thèbes* tout entière eut les flots pour *tombeau* . . . . . 1769

*Cadmus* rebâtit *Thèbe*, où *l'alphabet* porté,
Prouve ce que peut l'homme avec la *volonté*. . . . . . . . . . . . 1473

A la mort de *Xuthus* la royauté plia,
Et *Thèbes république* à son déclin *brilla*. . . . . . . . . . . . 1150

*Léontidas* vend *Thèbe* à *Sparte* sans pudeur,
Et les républicains exilent leur *douleur* . . . . . . . . . . . 382

*Pélopidas* à *Thèbe* introduit des vengeurs
Qui de la République enfin sont les *sauveurs*. . . . . . . . . . 378

*Thèbes* prise, *Alexandre* en Grèce tient l'empire,
Et chaque ville accourt au devant du *martyre*. . . . . . . . . . 335

## *Crète.*

(1) Lorsque *Tectame* en *Crète* en vainqueur débarquait,
D'y trôner en grand roi l'espoir le *soutenait* . . . . . . . . . 1488

Rêvant la *République* où son humeur la pousse,
*La Crète* de ses rois méconnait la *main douce* . . . . . . . . . 860

(1) *Tectame* mène en *Crète* une troupe de gueux,
Eoliens obscurs, Pélasges *souffreteux*.

### *Samos.*

Aux Thraces de *Samos* se montrant favorable,
Leur roi *Nilée* élève une ville *notable* . . . . . . . . . . . . . 1076

Cédant au testament qu'*Attale* rédigea,
*Samos* porte les fers que Rome lui *forgea*. . . . . . . . . . 133

### *Rhodes.*

Pour briller sur ces nefs dont Neptune s'amuse,
*Rhodes* montre une ardeur que personne *n'accuse*. . . . . . . 916

*Cléobule*, l'amour de sa grande famille,
A bon droit nommé *sage*, à *Rhodes* règne et *brille*. . . . . . 530

*Rhode* à la *République* enfin s'étant vouée,
S'unit avec Athène et s'en est fort *louée* . . . . . . . . . . . 484

*Rhode* aimant trop *César*, *César* lui fut fatal,
Et le fier *Cassius* fut cruel et *vénal*. . . . . . . . . . . . . . 43

### *Phrygie.*

Le phrygien *Anak* que la peur assassine,
Croit au *Déluge*, et non à la bonté *divine* . . . . . . . . . . 1552

Par *Crésus* la *Phrygie* est bientôt engloutie,
Lorsque la mort d'*Adraste* éteint la *dynastie*. . . . . . . . . 552

### *Troade.*

De la célèbre *Troie* en cherchant l'origine,
On trouve un premier plan que DARDANUS *dessine*. . . . . . . 1542

Quand l'antique *Ilion* tombe fatalement,
On déplore son sort *universellement* . . . . . . . . . . . . . 1209

### *Lydie.*

De la *Phrygie* un jour *la Lydie* est tirée,
Et *Méon* par des lois assure sa *durée*. . . . . . . . . . . . . 1492

Du Destin à *Thymbrée* on a vu les caprices,
Quand *Crésus* de *Cyrus* éprouva les *sévices* . . . . . . . . . . 548

## *Thessalie.*

Pliant au joug des lois la *Thessalie* antique,
Le grec *Deucalion* exerce sa *logique*. . . . . . . . . . . . . . 1574

*Deucalion* tremblant, qu'un grand déluge exile,
Dans *Athène* accueilli, trouve un abri *tranquille* . . . . . . 1529

Quand sous le poids de l'âge il entre au monument,
On regrette Pélée *universellement* . . . . . . . . . . . . . . . 1209

## *Epire.*

*Pyrrhus* passe en *Epire*, où roi fort peu clément,
Ce prince ne plait pas *universellement* . . . . . . . . . . . . . 1209

Dotant les *Argiens* de ses restes sanglants,
*Pyrrhus-le-Grand* au jour ferme ses yeux *dolents* . . . . . . 272

## *Macédoine.*

Enfin en *Macédoine* un empire est debout,
Et, fier de son pouvoir, Caranus *ose tout*. . . . . . . . . . 807

La mort tient *Alexandre* avec sa main de fer,
Lui qui, sans s'émouvoir aurait bravé *l'enfer* . . . . . . . . . 324

Jour de deuil! *Metellus* en *Macédoine* entra...
Rome, ton nom un jour aussi *s'effacera!* . . . . . . . . . . . . 148

## *Le Pont.*

Un prince obscur, *Pharnace*, ouvrant la monarchie,
A su courber *Le Pont* sous sa tête *blanchie*. . . . . . . . . . 520

*Pompée* atteint *Le Pont*, se bat et se signale,
Et ce royaume expire après un trop *long râle* . . . . . . . . 64

## *Pergame.*

*Lysimaque*, ce roi que *Phileter* supplante,
Sur *Pergame* use en vain son ire *foudroyante* . . . . . . . . 283

(1) L'empire de *Pergame* insolemment passa
Aux mains d'*Aristonic* que Perpenna *tança* . . . . . . . . . 129

(1) *Autre formule :* Rome que d'un royaume *Attale-trois* dota,
Punit *Aristonic* que Pergame *tenta*.

## *Thrace.*

AV. J.-C.

D'Alexandre héritier, *Lysimaque* en faveur
N'étale pas en *Thrace* une molle *langueur* . . . . . . . . . . 324

Quand *Rome* de la *Thrace* envia les hommages, AP. J.-C.
Elle atteignit son but après d'heureux *présages* . . . . . . . . 47

## *Syrie.*

AV. J.-C.

Le *premier Séleucus*, lorsqu'*Alexandre* expire,
De la belle *Syrie* en partage a *l'empire* . . . . . . . . . . . 324

(1) Quand d'une ère nouvelle il vint nous enrichir,
L'astre de *Séleucus* était plein *d'avenir* . . . . . . . . . . . 312

Voulant de *la Syrie* asservir les campagnes,
*Pompée*, avec ardeur, franchit mers et *montagnes* . . . . . . 65

## *Egypte, sous les Ptolémées.*

Laissant à *Ptolémé* l'*Egypte* en souvenir,
Alexandre mourut sans pouvoir *l'embellir* . . . . . . . . . . 324

Pour ordonner en maître et régner sans partage,
*Cléopâtre* se fait un horrible *veuvage* . . . . . . . . . . . . . . 43

Près d'*Actium*, peut-être, *Octave* eût fait naufrage,
Si *l'amante d'Antoine* eût moins craint le *carnage*. . . . . . . . . 31

## *Rome.*

*Enée*, en butte à *Troie* aux destins inconstants,
Aborde en Italie en dépit des *autans*. . . . . . . . . . . . . . . . . . . 1207

Le premier des Romains, l'astre du capitole,
*Romulus* eût rougi de passer pour *frivole*. . . . . . . . . . . . . . . 753

(2) Qu'*Albe* et son triste sort soient ou non un mensonge,
La victoire d'*Horace* est peut-être un beau *songe*. . . . . . . . . 668

(1) *Autre formule :* Quand d'une ère nouvelle il reçut les honneurs,
*Séleucus* en *Médie* eut peu *d'adulateurs.*

(2) *Autre formule :* Quand vainqueurs et vaincus errent parmi les ombres,
*Horace* éveille encor quelques souvenirs *sombres.*

*Brutus* et *Collatin*, chefs de la *République*,
Ont su fonder dans *Rome* une puissance *unique*............ 509

Au fier roi des Véiens portant un coup fameux,
*Cornelius Cossus* déploie un bras *nerveux*................ 436

L'heureux *Herennius*, sous des fourches barbares,
Fait passer les Romains au bruit d'aigres *fanfares*. . . . . . 523

Quand *Carthage* maudit la Fortune changeante,
*Zama* donne aux Romains une gloire *éclatante*.......... 204

Aux *Cimbres* belliqueux, que Rome intimida,
L'*Ibère* offrit ses champs que leur flot *inonda*............. 105

*Marius*, à *Verceil*, apprit dans les combats,
Qu'envers lui les Romains ne furent point *ingrats*......... 108

Dans son brillant début obtenant l'avantage,
*Cicéron* dès ce jour rêva d'or et *d'ouvrage*................ 82

*Rome* à la *République* a fait des funérailles,
Quand *César*, dictateur, fit frapper des *médailles*.......... 45

*Brutus* et *Cassius* brisant un joug fatal,
Crurent frapper *César* d'un châtiment *légal*............... 44

Sous le nom d'*empereur* abritant ton ouvrage,
*Octave*, à tout oser ton bonheur *t'encourage!*............. 29

*Théodose* accueillant ses fils pour les bénir, AP. J.-C.
De ses vastes états eut soin de les *munir*................. 395

# TABLE DES MATIÈRES.





Remiremont, imprimerie de veuve Dubiez.

| | | |
|---|---|---|
| | | Insurrection de *Saint-Doming* |
| | | Mort de *Mirabeau*. . . . . . |
| *Grosse*.... | RÉPUBLIQUE . . . . | . . . . . . . . . . . . . . . . |
| | | Suppression des Académies et tés savantes . . . . . . . . |
| | | Etablissement de la *Conscripti* |
| *Dot*..... | CONSULAT . . . . . | . . . . . . . . . . . . . . . . |
| | | Bataille de *Marengo*. . . . . |
| | | Paix de Lunéville. . . . . . |
| | | *Incendie du Cap* et massacre de |
| | | Paix d'Amiens. . . . . . . . |
| | | Création des écoles primaire daires, Lycées, etc. . . . |
| *Vote*.... | EMPIRE . . . . . . | . . . . . . . . . . . . . . . . |
| | | Renouvellem^t^ des hostilités sur |
| | | Prise de *Vienne* par l'armée des |
| | | Bataille d'*Austerlitz* . . . . . |
| | | Bataille d'*Iéna* . . . . . . . |
| | | Prise de *Berlin* . . . . . . . |
| | | Etablissement du *Système cont* |
| | | Bataille d'*Eylau* . . . . . . . |
| | | Bataille de *Friedland* . . . . |
| | | Paix de *Tilsit* . . . . . . . . |
| | | Prise de *Lisbonne* . . . . . . |
| | | Prise de *Barcelonne* . . . . . |
| | | Conférence de *Bayonne* . . . |
| | | Entrée de *Napoléon* à *Madrid* |
| | | Bataille d'*Ekmuhl* . . . . . . |
| | | Prise de *Vienne* . . . . . . . |
| | | Réunion des Etats du pape à la |
| | | Sanglante bataille d'*Esling*. . |
| | | Bataille de *Wagram* . . . . . |
| | | Traité de paix de *Schœmbrun* |
| | | Bataille de *Sagonte* . . . . . |
| | | Bataille des *Aropiles* . . . . |
| *L'hôte*.... | LOUIS XVIII . . . . | . . . . . . . . . . . . . . . . |
| *Mode*.... | CHARLES X . . . . | . . . . . . . . . . . . . . . . |
| *Noble*.... | LOUIS-PHILIPPE 1^er^ . . | . . . . . . . . . . . . . . . . |

# TABLEAU SYNOPTIQUE des Événements mentionnés dans le Supplément à la nouvelle Marmonique.

## HISTOIRE MODERNE.

| MOTS D'ORDRE mnémoniques. | NOMS DES ROIS DE FRANCE. | FAITS. | DATES DES FAITS mnémoniques. | |
|---|---|---|---|---|
| | | *Faits antérieurs à Pharamond.* | | |
| | | Première fabrication du verre | Important. | p. 37 |
| | | Fondation du monast.re de Marmoutiers. | Ladou. | 55 |
| MÉROVINGIENS. | | | | |
| Junte | Pharamond | | Banquet. | 35 |
| Sape | Clodion | | Prince. | 37 |
| Ire | Mérovée | | Célébrité. | 38 |
| | | Fondation de Venise | Qualité. | 45 |
| | | Défaite d'Attila, aux environs de Châlons | Gomorrhe. | 45 |
| Jaine | Childéric I.er | | Nier. | 35 |
| Jeune | Clovis I.er | | Caquant. | 35 |
| | | Bat.le de Soissons, gagnée par Clovis I.er | Nouvelle. | 45 |
| | | Bat.le de Tolbiac, gagnée par Clovis I.er | Valeur. | 45 |
| | | Bataille de Vouillé, gagnée par Clovis I.er | Joyeuse. | 45 |
| Gabion | Childebert I.er | | Jadis. | 35 |
| Grenier | Clotaire I.er | | Nigre. | 35 |
| Haie | Caribert | | Carrière. | 35 |
| Hutte | Chilpéric I.er | | Pontife. | 35 |
| Hesse | Clotaire II | | Rangé. | 36 |
| Carque | Dagobert I.er | | Rancune. | 36 |
| Phile | Clovis II | | Saumon. | 36 |
| Fur | Clotaire III | | Nigaud. | 36 |
| Jaul | Childéric II | | Corrompu. | 36 |
| | | Conspiration contre Childéric II, qui est assassiné | Félicien. | 45 |
| Mel. | Thierry I | | Fontaine. | 36 |
| | | Bataille de Testry | Présomptueux. | 45 |
| Gabi | Clovis III | | Raifond. | 36 |
| Pur | Childebert III | | Marolle. | 37 |
| Sage | Dagobert III | | Émilien. | 37 |
| | | Bataille de Gamdâtre | Irruption. | 36 |
| Tunie | Clotaire IV | | Toulousain. | 37 |
| Nez | Chilpéric II | | Parole. | 37 |
| Chat | Thierry IV | | Rouleau. | 37 |
| | | Défaite d'Abdérame par Ch. Martel | Des Cis. | 45 |
| Deux | Childéric III | | Parrain. | 37 |
| CARLOVINGIENS. | | | | |
| Pique | Pépin le Bref | | Cité. | 37 |
| Jaune | Charlemagne | | Son trône. | 37 |
| | | Mort de Roland à Roncevaux | Aveu. | 45 |
| | | Charlemagne subjugue la Saxe | Homicide. | 46 |
| | | Couronné emp. à Rome. Nicéphore | Recueil. | 35 |
| Membre | Louis I.er | | L'observé. | 37 |
| | | Le latin est remplacé par la langue romane | La fouine. | 46 |
| | | Supplice de Bernard, roi d'Italie | Rapprochée. | 46 |
| | | Principaut.es en France et en Allemagne | Montant. | 46 |
| Van | Charles II | | Belle année. | 37 |
| | | Bataille de Fontenay | Comme. | 46 |
| | | Traité de Mersen. (Origine du gouvernement féodal) | Pierre. | 46 |
| | | Mort de Charles II, qui est empoisonné | Poule faite. | 45 |
| Paste | Louis II | | Poisson fin. | 37 |
| Sang | Louis III et Carloman | | Trop dans. | 37 |
| Trope | Carloman (seul) | | Dindon. | 37 |
| Europe | Charles-le-Gros | | Lune. | 38 |
| | | Siège mémorable de Paris par les Normands | Vous. | 46 |
| Char | Eudes | | Sourire. | 38 |
| Bard | Charles III | | Y a semblé. | 38 |
| | | Fondation de l'abbaye de Cluny | Rareté. | 46 |
| | | La couronne impériale sort de la maison de France | Déposition. | 46 |
| | | Établissem.t des Normands en France | Dépendant. | 46 |
| Port | Robert I | | Fondation. | 38 |
| Lavant | Raoul | | Perle. | 38 |
| Mary | Louis IV | | N'étant plus. | 38 |
| Tare | Lothaire | | Lui plait. | 38 |
| Pasque | Louis V | | Vous puis.t | 38 |
| CAPÉTIENS. | | | | |
| Boutre | Hugues Capet | | Froment fini. | 38 |
| | | Établissement de la Pairie | Nain. | 46 |
| Terme | Robert II | | Vu. | 38 |
| | | Les Manichéens sont condamnés au feu. | Flamboyer. | 46 |
| | | Famine affreuse | Carême. | 46 |
| Roche | Henri I | | Carnage. | 38 |
| | | L'empereur Henri III et l'abbé Léon IX. | Témoignage. | 46 |
| | | Exploits des aventuriers Normands en Italie | Cirage. | 46 |
| Chante | Philippe I | | Rompage. | 38 |
| | | Conquête de l'Angleterre, par Guillaume-le-Conquérant, duc de Normandie | Vos ruses. | 46 |
| | | Les familles commencent à prendre des Noms propres | Donjon. | 46 |
| | | Avènement de Grégoire VII. Hildebrand à la chaire de Saint-Pierre | Ferme voie. | 46 |
| | | 1.re Croisade prêchée par P.re l'Hermite | Marmite. | 46 |
| | | Prise de Jérusalem, par Godefroy de Bouillon | Toute. | 46 |
| | | Commencem.t des communes, en Italie. | Dubaggi. | 46 |
| Dé | Louis VI | | Gabie. | 38 |
| | | Louis VI accorde la première Charte à la ville de Laon | Dragonnier. | 35 |
| | | Fondation du monastère de Clairvaux | Noce. | 35 |
| | | Fondation de l'ordre des Prémontrés | Hier Léon. | 35 |
| | | Fondation de l'ordre des Templiers | Certain. | 35 |
| Pain | Louis VII | | Porte. | 39 |
| | | 2.e Croisade prêchée par S.t Bernard | Peine. | 46 |
| | | Arnaud de Bresse, schismatique | Moine. | 35 |
| | | Thomas Becket est assassiné dans sa cathédrale | Rosetta. | 45 |
| | | Guerre contre les Vaudois | Rogne. | 35 |
| Lutrin | Philippe-Auguste | | Rochereux. | 39 |
| | | Bannissement des Juifs | Droits. | 35 |
| | | 3.e Croisade. — Philippe II et Richard-cœur-de-lion | Sceller. | 45 |
| | | Prise de la ville d'Acre par les croisés | Juges. | 35 |
| | | 4.e Croisade : prise de Constantinople. Empire des Latins | Éprouvée. | 45 |

| MOTS D'ORDRE mnémoniques. | NOMS DES ROIS DE FRANCE. | FAITS. | DATES DES FAITS mnémoniques. | |
|---|---|---|---|---|
| | | Croisade contre les Albigeois | Outrageusement. | p. 45 |
| | | Bataille de Bouvines | L'attrait. | 45 |
| | | Concile général de Latran | Magnifiquement. | 45 |
| | | Siège de Toulouse ; mort de Simon de Montfort | Sans. | 45 |
| Marre | Louis VIII | | Fémur. | 39 |
| Neuf | Louis IX | | N'enfantez. | 39 |
| | | Établissem.t de l'Inquisition en France | Trappe. | 45 |
| | | L'Inquisition fait brûler 183 hérétiques en Champagne | Tournoyant. | 45 |
| | | Bataille de Taillebourg | Déraisonnant. | 45 |
| | | 7.e Croisade : vœu de S.t Louis | Sauvant. | 45 |
| | | Prise de Damiette par S.t Louis | Tourbillonnant. | 45 |
| | | Combat de Massoure : S.t Louis prisonnier | Voyant. | 45 |
| | | Fondation de La Sorbonne par Robert | Gaspiller. | 45 |
| | | 8.e Croisade : S.t Louis meurt de la peste | Dérangeant. | 45 |
| Fossé | Philippe III | | Bras longs. | 39 |
| | | Premières bases d'établissement en faveur du Royal | Contrariant. | 35 |
| | | Bataille de Roncevaux, sur laquelle des Bédouins | Rolland. | 35 |
| | | Invention de la poudre | Bouillant. | 35 |
| | | Vêpres siciliennes | Douloureusement. | 45 |
| | | Croisade en Espagne contre Pierre, roi d'Aragon | Mécanique. | 45 |
| Sole | Philippe IV | | Meunerie. | 39 |
| | | Invention de la Cour des Commandements | Brûlante. | 45 |
| | | Les anoblis | Renonçant. | 45 |
| | | Premiers fabricants des chandelles | Suffisance. | 45 |
| | | Bulle de Boniface VIII, qui Philippe-le-Bel fait brûler | Aversion. | 45 |
| | | Bataille de Courtrai, gagnée par les Flamands | Essuie. | 45 |
| | | Assemblée des Étatsgénéraux, Tiers-état | Empire. | 45 |
| | | Invention de la boussole | Empire. | 45 |
| | | Défaite des Flamands à Mons-en-Puelle | Répandu. | 45 |
| | | Philippe IV rend le Parlement sédentaire à Paris | Récolter. | 35 |
| | | Défense des duels et guerres privées | Jours. | 36 |
| | | Naissance de l'indépend.ce de la Suisse | Dessin. | 35 |
| | | Abolition de l'ordre des Templiers | Palais. | 35 |
| Tâte | Louis X | | Luter. | 40 |
| | | Enguerrand de Marigny est condamné à mort | Machine. | 45 |
| | | Louis X affranchit les serfs de ses dom.es | Majeure. | 45 |
| Bras | Jean I.er | | Natation. | 39 |
| Crème | Philippe V | | Nesma. | 39 |
| Dune | Charles IV | | Dragon. | 39 |
| Ép | Philippe VI | | Cacique. | 39 |
| | | Violence de l'inquisition ecclésiastique : Appels comme d'abus. | Tranquille. | 45 |
| | | Combat naval de l'Écluse | Rentrer. | 45 |
| | | Établissem.t des Gabelles en France | Mémoire. | 45 |
| | | Bataille de Crécy | Nécessité. | 45 |
| | | Peste effroyable qui désole l'Europe : Flagellants | Soubresauts. | 45 |
| | | Cession du Dauphiné à la France | Veiller. | 45 |
| Libre | Jean II | | Blâmer. | 39 |
| | | Bataille de Poitiers | Naufrage. | 45 |
| | | Révolte des paysans ou Jacquerie | Liméreaux. | 45 |
| | | Abolition de l'usage de la couleur écarlate pour les trois pailles en Angleterre | Caserne. | 45 |
| Mare | Charles V | | Rangeur. | 40 |
| | | Établissem.t des Cours de Sénéchal | Moitié Fer. | 45 |
| | | Charles V établit dans les Bourgeois de Paris | Clément. | 45 |
| | | Grand schisme d'occident | Rétablir. | 45 |
| Noier | Charles VI | | Bateleur. | 40 |
| | | Bataille de Rosbecq | Daguet. | 45 |
| | | Confédération du royaume : la France se sépare plus de pape | Nagueur. | 45 |
| | | Peste de vosque de Boèce du Chevalier Catherine | Extraites. | 45 |
| | | Concile général de Constance | Louis. | 45 |
| | | Supplice de Jean Hus et de Jérôme de Prague | Lance. | 45 |
| | | Bataille d'Azincourt | Nieboureux. | 45 |
| Pâte | Charles VII | | Dangers. | 40 |
| | | Bataille de Crevant | Fureur. | 45 |
| | | Bataille de Verneuil | Remeur de. | 45 |
| | | Dunois fait lever le siège de Montargis | Pivots. | 45 |
| | | Jeanne d'Arc fait lever le siège d'Orléans et fait sacrer Charles VII à Reims | Transportés. | 45 |
| | | Jeanne d'Arc est brûlée vive à Rouen | Chasses. | 45 |
| | | Charles VII est couronné à Paris | Nécessaire. | 45 |
| | | Paris reconquis de la Guienne | Parfumé. | 45 |
| | | Gutenberg établit les premières presses d'imprimerie | Nécessité. | 45 |
| | | Jacques Cœur est dépouillé et exilé | Trancs. | 45 |
| | | Conquête de la Normandie | Traite. | 45 |
| | | Les Français reprennent la Guyenne | Union. | 45 |
| | | L'Université s'oblige aux vœux de lèse-maj.té | Faible. | 45 |
| | | Prise de Constantinople par Mahomet II | L'écrivain. | 45 |
| Sapeur | Louis XI | | Condamné. | 40 |
| | | Louis XI, pour regagner Paris, après une peste, y donne asile aux malfaiteurs | Nimbreux. | 45 |
| | | Réunion de la couronne de Castille à celle d'Aragon, par le mariage de Ferdinand et d'Isabelle | Lancers. | 45 |
| | | Réunion de la Bourgogne à la France | Parisiens. | 45 |
| | | Réunion de la Provence à la France | Démettre. | 45 |
| Trame | Charles VIII | | L'ami. | 40 |
| | | Découv.te du Cap de Bonne-Espérance | Nouvelle. | 45 |
| | | Découverte de l'Amérique | Dorée. | 45 |
| | | Bataille de Fornoue | Risquée. | 45 |
| Bail | Louis XII | | Sages. | 40 |
| | | Vict.re de Gonsalve de Cordoue à Garillan | Arrogé. | 45 |
| | | Bataille de Cérignoles | Arbitre. | 45 |
| | | Ligue de Cambrai contre Venise | Divin. | 45 |
| | | Bataille d'Agnadel | Unique. | 45 |
| | | Bataille de Ravenne | Démontrés. | 45 |
| | | Défaite des Français à Guinegate | Forêts. | 45 |
| | | Bayard est fait prisonnier à Guinegate | Potager. | 45 |

| MOTS D'ORDRE mnémoniques. | NOMS DES ROIS DE FRANCE. | FAITS. | DATES DES FAITS mnémoniques. | |
|---|---|---|---|---|
| Vanité | François I.er | | Magnifique. | p. 30 |
| | | Bataille de Marignan | Magnifique. | 45 |
| | | Martin Luther prêche sa doctrine | Papiste. | 45 |
| | | Fernand Cortès découvre le Mexique | Trompé. | 45 |
| | | Premières martyrs du luthéranisme | Fontaine. | 45 |
| | | Bataille de Pavie | Mont. | 45 |
| | | Protestation des sectateurs de Luther | Tomme. | 45 |
| | | Réformation de la Bretagne à la couronne | D'origine. | 45 |
| | | Schisme d'Angleterre | Extérieure. | 45 |
| | | François I.er décide l'entreprise de l'hérésie | Manic. | 45 |
| | | Ordonnance qui prescrit d'écrire les actes publics en français | Tirade. | 45 |
| | | Institution des Jésuites | Rond. | 45 |
| | | Supplice de Michel Servet | Cécile. | 45 |
| | | Mort de Copernic | Ribaud. | 45 |
| | | Bataille de Cérisoles | L'Isaïen. | 45 |
| | | Massacre des Vaudois | Mérite. | 45 |
| Ouvre | Henri II | | Péril. | 30 |
| | | Un édit établissant un tribunal de l'inquisition | Pyrotechnie. | 45 |
| | | Bataille de Saint-Quentin | Prise. | 45 |
| | | Supplice d'Anne du Bourg | Tyrannique. | 45 |
| | | Édit d'Écouen qui condamne à mort les protestants | Tigre. | 45 |
| Rosse | François II | | Fentes. | 30 |
| | | Conjuration d'Amboise | Rimba. | 45 |
| Lonte | Charles IX | | Rondé. | 30 |
| | | Colloque de Poissy | Contre. | 45 |
| | | Massacre de Vassy | Doux coup. | 45 |
| | | Fondation du commencement du Canada en Amérique | Bougie. | 45 |
| Monde | Henri III | | Lugues. | 30 |
| | | Union d'Utrecht | Tabernacle. | 30 |
| | | Ord.ce portant que les fiefs achetés par les roturiers ne les anobliront plus | Cicéron. | 45 |
| | | Réforme du Calendrier | Humble. | 30 |
| | | Supplice de Marie Stuart | Pourra. | 45 |
| | | Assassinat d'Henri III | Tuer. Il. | 45 |
| Nez | Henri IV | | Tortille. | 30 |
| | | Invention du Télescope | Rouge. | 45 |
| | | Jacques I.er réunit l'Angleterre, l'Écosse et l'Irlande | Gravure. | 45 |
| | | Les Français fondent un établissement au Canada | Espiègles. | 45 |
| | | Assassinat d'Henri IV | Rome. | 45 |
| Pompe | Louis XIII | | Raisin. | 30 |
| | | Assassinat du maréchal d'Ancre, etc. | Passion. | 45 |
| | | Supplice de Lucile Vanini | Tulle. | 45 |
| | | Invention du microscope | Champignons. | 45 |
| | | Supplice d'Urbain Grandier | Incluse. | 45 |
| | | Fondation de l'Académie française | Marcellin. | 45 |
| | | Révolution de Portugal : la maison de Bragance monte sur le trône | Chaises. | 30 |
| Singe | Louis XIV | | Fixad. | 30 |
| | | Bataille de Rocroi | Pérogla. | 45 |
| | | Bataille de Fribourg | Rayon. | 45 |
| | | Bataille de Nordlingue | Médaille. | 45 |
| | | Prise de Dunkerque par Condé | Négresse. | 45 |
| | | Révolte funeste des Juifs | Ce monde. | 45 |
| | | Traité de paix de W.estphalie | Sarcelle. | 45 |
| | | Troubles de la Fronde à la France | Castor. | 45 |
| | | Supplice de Charles I, roi d'Angleterre | Festiné. | 45 |
| | | Mort de Descartes | Rhône. | 45 |
| | | Traité des Pyrénées | Trône. | 45 |
| | | Fondation de l'Académie des Inscriptions et belles-lettres | Fonction. | 45 |
| | | Naissance du Journal des savants | Morte. | 45 |
| | | Fondation de l'Académie des sciences | Non. | 45 |
| | | 1.re représentation du Misanthrope | Vendre. | 45 |
| | | Conquête de la Franche-Comté | Pompée. | 45 |
| | | Conquête de la Franche-Comté | Sage. | 45 |
| | | Traité de paix d'Aix-la-Chapelle | Sanction. | 45 |
| | | Première représentation du Tartufe | Tombe. | 45 |
| | | Conquête de la Lorraine dont toutes les places sont démantelées | Deux pots. | 45 |
| | | Fondation des Invalides | Carrosses. | 45 |
| | | Conquête d'une grande partie de la Hollande | Dérivation. | 45 |
| | | Nouvelle conquête de la Franche-Comté qui est réunie à la France | Explosion. | 45 et 45 |
| | | Révocation du Palatinat | L'Austre. | 45 |
| | | Bataille navale du Texel | Excursion. | 45 |
| | | La Suède se déclare pour la France contre le Danemarck | Vos landes. | 45 |
| | | Paix de Nimègue | Satin. | 45 |
| | | 1.er établiss.t des Français dans les Indes orientales (Pondichéry) | Ronfleur. | 45 |
| | | Apparition de la comète dite de Halley | Rosières. | 45 |
| | | Exploitation de Strasbourg | Chasser. | 45 |
| | | Mort de Colbert | Fichent. | 45 |
| | | Mort de Pierre Corneille | Rempileur. | 45 |
| | | Établissement de Saint-Cyr | Nonchalant. | 45 |
| | | Mort du Grand-Condé | Assurance. | 45 |
| | | Ligue d'Augsbourg contre Louis XIV | Perdue. | 45 |
| | | Nouvel embrasement du Palatinat | Trousse. | 45 |
| | | Bataille de Fleurus | Rarest. | 45 |
| | | Bataille de Steinkerque | Rameurs. | 45 |
| | | Bataille navale de Steinkerque | Discret. | 45 |
| | | Bataille de Nerwinde | Fairbail. | 45 |
| | | Mort de La Fontaine | Maçon. | 45 |
| | | Traité de Ryswick | Paraître. | 45 |
| | | Prise de possession d'une partie de l'île de Saint-Domingue (Haïti) | Poudre. | 45 |
| | | Acceptation par Louis XIV du testament de Charles II, roi d'Espagne, en faveur de son petit-fils, qui est proclamé roi sous le nom de Philippe V | Impoli. | 45 |
| | | Frédéric I.er, électeur de Brandebourg, est proclamé roi de Prusse | Arme. | 45 |
| | | Bataille de Hochstedt | Écrit. | 45 |
| | | Les Anglais s'emparent de Gibraltar aux Espagnols | Bel. | 45 |
| | | Vauban publie son Optique | Europe. | 45 |

# HISTOIRE ANCIENNE DES DIFFÉRENTS PEUPLES.

| Nos D'ORDRE | NOMS DES ROIS DE FRANCE | FAITS | DATES DES FAITS MNÉMONIQUES |
|---|---|---|---|
| | | Bataille de [illegible] | [illegible] p. 58 |
| | | Bataille de Raucoux | Du glaive. 50 |
| | | Bataille d'[illegible] | [illegible] 50 |
| | | Bataille [illegible] de [illegible] | Huguenots. 51 |
| | | [illegible] le Grand [illegible] | Huguenots. 57 |
| | | [illegible] | [illegible] 54 |
| | | Bataille de [illegible] | [illegible] 51 |
| | | Siége et prise de [illegible] | Château. 51 |
| | | [illegible] | Château. 51 |
| | | Bataille de [illegible] | [illegible] 51 |
| | | Paix d'Utrecht | Fabot. 51 |
| | | Paix de [illegible] | [illegible] 51 |
| France | Louis XV | [illegible] | [illegible] 50 |
| | | [illegible] | [illegible] 61 |
| | | [illegible] (le Petit-Carême) | [illegible] 60 |
| | | Mort de madame de Maintenon | [illegible] 51 |
| | | [illegible] de Marseille | [illegible] 57 |
| | | [illegible] | [illegible] 54 |
| | | Publication des Lettres persanes | [illegible] 61 |
| | | Publication de la [illegible] | [illegible] 61 |
| | | Mort du duc d'Orléans, régent, et du cardinal Dubois | [illegible] 58 |
| | | [illegible] | [illegible] 55 |
| | | Création de la Gazette de France | [illegible] 57 |
| | | [illegible] | [illegible] 58 |
| | | Réunion de la Lorraine à la France | [illegible] 53 |
| | | Buffon est chargé de la direction du Jardin des plantes | [illegible] 58 |
| | | [illegible] | [illegible] 58 |
| | | Mort de Rollin | [illegible] 60 |
| | | Fondation de l'École militaire | [illegible] 55 |
| | | Mort de [illegible] | [illegible] 60 |
| | | [illegible] | [illegible] |

| INDICATION DES PEUPLES | FAITS | DATES DES FAITS MNÉMONIQUES |
|---|---|---|
| Phénicie | Fondation de Tyr | En Europe. p. 57 |
| | Destruction de Tyr par Nabuchodonosor ; Baal gouverne avec le titre de Suffète | [illegible] 62 |
| | Destruction de la nouvelle Tyr par Alexandre | [illegible] 62 |
| Royaumes d'Assyrie, de Ninive, de Babylone et des Mèdes | Fondation de Babylone par Nemrod | [illegible] 62 |
| | Fondation de Ninive et du royaume d'Assyrie par Assur | [illegible] 62 |
| | Mort de Sardanapale et fin du premier empire d'Assyrie | [illegible] 62 |
| | Mort de [illegible] et fin du royaume de Ninive | [illegible] 62 |
| | Prise de Babylone par Cyrus | [illegible] 62 |
| | Conquête de la Médie (Ecbatane) par Cyrus | [illegible] 62 |
| Égypte sous les Pharaons | Fondation du royaume des Pharaons par Ménès | [illegible] 63 |
| | Conquête de l'Égypte par Cambyse, et mort de Psamménit | [illegible] 63 |
| | [illegible] de l'Égypte [illegible] | [illegible] 63 |
| | Conquête de l'Égypte par Alexandre et fondation d'Alexandrie | [illegible] 63 |
| Perse | Naissance de Cyrus | [illegible] 63 |
| | Conquête de la Perse par Alexandre | [illegible] 63 |
| Carthage | Fondation de Carthage par Didon | [illegible] 63 |
| | Établissement de la République | [illegible] 63 |
| | Destruction de Carthage par Scipion | [illegible] 63 |
| Sicile | Une colonie de Phéniciens débarque en Sicile | [illegible] 63 |
| | Les Sicules s'y établissent | [illegible] 63 |
| | Archias y conduit une colonie grecque | [illegible] 64 |
| | [illegible] de la Sicile par les Romains | [illegible] 64 |

## GRÈCE.

| INDICATION DES PEUPLES | FAITS | DATES DES FAITS MNÉMONIQUES |
|---|---|---|
| Sicyone | La [illegible] | [illegible] 64 |
| | Conquête de Sicyone par les Héraclides | [illegible] 64 |
| ARGOS, Mycènes, Athènes, Sparte. | [illegible] d'Argos | [illegible] 64 |
| | Fondation de Mycènes par Persée, roi d'Argos | [illegible] 64 |
| | [illegible] Mycènes, Argos et Sparte | [illegible] 64 |
| | Les Héraclides s'emparent des États du Péloponèse | [illegible] 64 |
| | Établissement de la république à Argos | [illegible] 64 |
| Corinthe | Corinthus, 1er roi | [illegible] 64 |
| | [illegible] | [illegible] 64 |
| Achaïe | [illegible] | [illegible] 65 |
| | Réduction de toute la Grèce en province romaine | [illegible] 65 |
| Laconie | Lélex, 1er roi | [illegible] 65 |
| | Lycurgue donne des lois à Sparte | [illegible] 65 |
| | [illegible] | [illegible] 65 |
| Arcadie | [illegible] | [illegible] 65 |
| | [illegible] | [illegible] 65 |
| Messénie | [illegible] | [illegible] 65 |
| | Fin de la 2me guerre de Messénie [illegible] | [illegible] 65 |
| Attique | Cécrops Ier, roi de l'Attique | [illegible] 65 |
| | Cécrops bâtit Athènes | [illegible] 65 |
| | Thésée, roi d'Athènes | [illegible] 65 |
| | Siége d'Athènes [illegible] de Codrus | [illegible] 65 |
| | Établissement de l'Archontat perpétuel et héréditaire | [illegible] 65 |
| | [illegible] | [illegible] 66 |
| | Établissement de l'Archontat annuel | [illegible] 66 |
| | Conjuration de Cylon | [illegible] 66 |
| | Solon, archonte et législateur d'Athènes | [illegible] 66 |
| | Tyrannie de Pisistrate | [illegible] 66 |
| | Tyrannie d'Hipparque et d'Hippias | [illegible] 66 |
| | [illegible] d'Hippias [illegible] d'Athènes | [illegible] 66 |
| | Institution de l'Ostracisme | [illegible] 66 |
| | Commencement de la puissance de Périclès | [illegible] 66 |
| | Commencement de la guerre du Péloponèse | [illegible] 66 |
| | [illegible] | [illegible] 66 |
| | Tyrannie des Quatre cents | [illegible] 66 |
| | Siége d'Athènes par Agis Ier et Pausanias II (Lysandre [illegible] des Lacédémoniens) | [illegible] 66 |
| | Tyrannie des Trente | [illegible] 66 |
| | Mort de Socrate | [illegible] 66 |
| | [illegible] | [illegible] 66 |
| | Mort de [illegible] | [illegible] 66 |
| | Mort de Démosthène | [illegible] 67 |
| | Mort de Phocion | [illegible] 67 |

| INDICATION DES PEUPLES | FAITS | DATES DES FAITS MNÉMONIQUES |
|---|---|---|
| Élide | [illegible] | [illegible] p. 67 |
| | [illegible] de la République, après la mort d'Iphitus | [illegible] 67 |
| Béotie | Ogygès bâtit Thèbes | [illegible] 67 |
| | Déluge d'Ogygès | [illegible] 67 |
| | Le phénicien Cadmus rebâtit Thèbes | [illegible] 67 |
| | Abolition de la monarchie après la mort de [illegible] | [illegible] 67 |
| | [illegible] d'Épaminondas | [illegible] 67 |
| | [illegible] | [illegible] 67 |
| | Prise de Thèbes par Alexandre | [illegible] 67 |
| Crète | [illegible] en Crète | [illegible] 67 |
| | Abolition de la royauté | [illegible] 67 |
| Samos | [illegible] l'île de Samos | [illegible] 68 |
| | [illegible] en faveur des Romains | [illegible] 68 |
| Rhodes | [illegible] | [illegible] 68 |
| | [illegible] roi de Rhodes | [illegible] 68 |
| | Abolition de la royauté | [illegible] 68 |
| | Prise de Rhodes par Cassius | [illegible] 68 |
| Phrygie | [illegible], 1er roi de Phrygie | [illegible] 68 |
| | Crésus réunit la Phrygie à la Lydie | [illegible] 68 |
| Thrace | [illegible], l'un des premiers rois | [illegible] 68 |
| | [illegible] | [illegible] 68 |
| Lydie | [illegible] lois à la Lydie | [illegible] 68 |
| | [illegible] | [illegible] 68 |
| Thessalie | Deucalion, passe en Thessalie à la tête d'une colonie | [illegible] 69 |
| | Déluge de Deucalion | [illegible] 69 |
| | Mort de [illegible], dernier roi | [illegible] 69 |
| Épire | [illegible] | [illegible] 69 |
| | Mort de Pyrrhus II ou le Grand | [illegible] 69 |
| Macédoine | [illegible] en Macédoine | [illegible] 69 |
| | Mort d'Alexandre-le-Grand | [illegible] 69 |
| | La Macédoine est réduite en province romaine | [illegible] 69 |
| Le Pont | [illegible] Ier, premier roi du Pont | [illegible] 69 |
| | Pompée réduit le Pont en province romaine | [illegible] 69 |
| Pergame | [illegible] fonde le royaume de Pergame | [illegible] 69 |
| | [illegible] le royaume de Pergame en province romaine | [illegible] 69 |
| Thrace | [illegible] après la mort d'Alexandre | [illegible] 70 |
| | Réduction de la Thrace en province romaine | [illegible] (av. J.-C.) 70 |
| Syrie | Séleucus Ier obtient la Syrie en partage après la mort d'Alexandre | [illegible] (av. J.-C.) 70 |
| | [illegible] | [illegible] 70 |
| | Pompée fait de la Syrie une province romaine | [illegible] 70 |
| Égypte sous les Ptolémées | Ptolémée, fils de Lagus, obtient l'Égypte après la mort d'Alexandre | [illegible] 70 |
| | [illegible] Ptolémée XIII [illegible] | [illegible] 70 |
| | Bataille d'Actium : l'Égypte devient une province romaine | [illegible] 70 |
| Rome | [illegible] en Italie | [illegible] 70 |
| | Fondation de Rome par Romulus | [illegible] 70 |
| | Combat des Horaces et des Curiaces | [illegible] 70 |
| | Établissement de la république à Rome | [illegible] 71 |
| | [illegible] | [illegible] 71 |
| | [illegible] | [illegible] 71 |
| | Bataille de Zama | [illegible] 71 |
| | [illegible] | [illegible] 71 |
| | [illegible] | [illegible] 71 |
| | [illegible] | [illegible] 71 |
| | [illegible] | [illegible] 71 |
| | Conjuration contre César, qui est assassiné | [illegible] 71 |
| | [illegible] d'Auguste [illegible] | [illegible] 71 |
| | [illegible] | [illegible] (av. J.-C.) 71 |

[illegible], IMPRIMERIE DE [illegible]

REMIREMONT, IMPRIMERIE DE VEUVE DUBIEZ.

www.ingramcontent.com/pod-product-compliance
Lightning Source LLC
LaVergne TN
LVHW021748060726
842528LV00003B/845
* 9 7 8 2 3 2 9 2 3 6 1 2 4 *